Giuseppe Cabizzosu

Is Corantoras

Antico rosario ulassese
Riti della Santa Quaresima

Giuseppe Cabizzosu
Is Corantoras. Antico rosario ulassese. Riti della Santa Quaresima

ISBN 979-12-200-6619-8

Indice

Prefazione

Presentando la raccolta completa del tipico modo ulassese di salmodiare il rosario in sardo, fatto nelle case durante la Quaresima, è bene rimarcare che non di semplice recita si tratta ma di vera celebrazione comunitaria del mistero di Dio donato in Maria all'umanità.

Per elevarsi all'Altissimo ed unirsi a Lui è indispensabile servirsi dello stesso mezzo (Maria Santissima) che Egli usò per scendere fino a noi divenendo uomo per comunicarci la grazia e la misericordia di Dio.

E' preghiera, cioè dialogo con il Signore, che prende di volta in volta l'aspetto di contemplazione del mistero, di lode, di ringraziamento, di supplica, di riconoscimento dell'essere creature immerse nella Grazia Divina, da cui è facile allontanarsi o non riconoscerla presenza viva nella nostra vita.

Maria è detta *"piena di Grazia"* non solo perché l'ha ricevuta come dono da Dio ma anche perché ha voluto assecondarla. Ha detto al Signore e Gli ha dato un "si" pieno, forte, generoso, disinteressato, ben lontano dal nostro "si" così fiacco, indeciso, incostante...

E' anche attraverso i molti canti ed inni (e sono tanti) che una volta sicuramente si facevano a memoria (quante cose del passato dobbiamo rimpiangere) che s'imparava la storia sacra, si conoscevano le verità cui credere, si riconosceva il bene distinguendolo dal male. E' vera storia di Dio che si incontra con la storia di uomini e donne e si offre alla nostra libera accoglienza e che attende risposta e corresponsabilità.

Molti "Perché".

In Quaresima: perché si contempla il motivo della venuta del figlio di Dio in mezzo a noi, che soffre e muore per noi, per donarci la salvezza dal peccato e dalla morte rimanendo compagno di vita di tutti noi verso il fine cui siamo chiamati: gioire per sempre in Dio. Nelle case, quasi a rimarcare che Dio non è solo vivo e vero nella chiesa di mattoni e pietre, ma è reso vivo da noi, nelle case dove ogni famiglia coltiva la vita, i progetti, le gioie, le fatiche, i dubbi e le speranze.

Recitato e cantato sopratutto dalle donne, perché la donna può, con la capacità generativa che le è propria, dare la vita, mantenerla, farla crescere, facendosi carico delle gioie e dei dolori in ogni loro aspetto, non solo dei propri figli e non solo di quella naturale.

Is Corantoras: Mani, che scorrono sui grani del rosario; Labbra, che recitano e salmodiano preghiere e canti antichi; Cuori, che sentono lo scorrere della grazia e del mistero di Dio come acqua pura che rinfresca, disseta, rincuora, riscalda, per un cammino liberamente voluto nelle braccia amorevoli di Dio.

Continuare a pregare, insieme, come *is Corantoras*: la certezza di non essere soli ma di essere aiutati dalla fede di altri a rimanere legati a quel filo d'amore che Dio continua a tessere con noi, dandoci la speranza di non essere abbandonati nel momento della difficoltà, nell'ora della morte...

Don Francesco Piras

S. Maria (dopo il restauro del 2008)
Chiesa parrocchiale S. Antioco Martire. Ulassai

13

Saluti

L'amministrazione comunale di Ulassai esprime la propria soddisfazione per la presente pubblicazione e un sentito plauso per l'originalità della stessa.

L'importante contributo dell'associazione *Sa perda e su entu*, dedicato alla poesia religiosa, si inserisce all'interno del percorso, da tempo portato avanti dall'associazione culturale, di riscoperta e recupero delle tradizioni locali e di conservazione e valorizzazione della cultura ulassese.

La poesia religiosa sarda, in tutte le sue varianti, presenta un'ampissima produzione e rappresenta una importante area della tradizione popolare sarda, da sempre soggetta a numerose trasformazioni dovute alle sensibilità individuali e legate alle varianti dialettali locali.

Is Corantoras descrive un importante pezzo della nostra "casa", della memoria della comunità ulassese e della sua sincera fede religiosa; la raccolta è strutturata assumendo come fonte principale la trasmissione orale e cantata, ed è il risultato di un appassionato e lungo lavoro di ricerca, ascolto e confronto.

In conclusione desidero esprimere un sentito ringraziamento a Giuseppe Cabizzosu, e all'associazione *Sa perda e su entu* della quale è presidente, per il tenace lavoro e la cura con cui ha costruito un altro importante capitolo della cultura immateriale ulassese.

Gian Luigi Serra
Sindaco di Ulassai

Crocefisso presso la chiesa parrocchiale S. Antioco Martire.
Ulassai

Introduzione

La poesia religiosa rappresenta una importante area della tradizione sarda particolarmente vasta ed articolata. All'opera prolifica di numerosi autori, in specie tra Settecento ed Ottocento (sopratutto religiosi), si è unita una, altrettanto intensa, attività compositiva di molti poeti e rimatori locali, particolarmente devoti e sensibili alla tematiche ed alla celebrazione in rima dei sacri riti religiosi.

Una corposa e nutrita letteratura che poi ha subìto, caratterizzata come era dalla trasmissione orale e sopratutto cantata, numerose trasformazioni ed adattamenti alle varie sensibilità individuali con conseguente adeguamento alle numerose varianti dialettali locali tali da determinare una immensa produzione di opere che, anche se originariamente sorte su un testo antico (sopratutto logudorese) si è poi trasformata assumendo, nel tempo, una caratterizzazione specificamente legata al *topos* di riferimento. Ne sono scaturite, in tal guisa, tante varianti quasi quanti sono i comuni isolani, con evidente la matrice comune ma con numerose modificazioni ed adeguamenti locali più o meno significativi. Ed è nostra modesta opinione che anche queste versioni, che qualcuno potrebbe definire spurie, conservano e meritano, al contrario, pari dignità degli originali rappresentando, comunque, non una scopiazzatura asettica ma un allineamento ed una rivisitazione, sentita e partecipata, alle peculiarità proprie di una specifica comunità che ha inscritto ed adattato un sentimento, pur all'interno del comune alveo antropologico e religioso, alla sua sensibilità idiomatica, sociale e culturale.

E questo ne fa un prodotto ugualmente e diversamente originale, tipico e proprio di ogni singolo comune, isola storica di quel frastagliato arcipelago sardo che, forte ed orgoglioso della propria individualità, si inserisce e si colloca comunque appieno nella grande anima sarda che tutti li accoglie e li contiene. Sorta isolana, e minore se vogliamo, di quel *Glocal*, che tanto agita il moderno e serrato confronto (scontro) tra il *Globale* e le sue travolgenti tendenze all'omologazione, ed il *Locale*, inteso come salvaguardia e difesa, strenua e costantemente minacciata, delle specificità ed individualità locali proprie di un singolo popolo e di una distinta comunità.

Ciò che abbiamo voluto inserire in questa umile raccolta rappresenta il *risultato ulassese* di questa immensa ed intensa operazione sociale e culturale. E, come detto, proprio la specifica tipologia compositiva, la trasmissione orale e l'adattamento alle diverse sensibilità locali, hanno determinato, come è ovvio immaginare, non di rado, una imprecisione evidente dell'idioma, una commistione, talvolta anche bizzarra, tra vari dialetti e varianti ed una sistemazione un po' caotica ed imprecisa di quella che dovette essere la versione originale da cui, necessariamente, il tutto dovette avere origine presumibilmente intorno al '700.

Chiediamo venia pertanto ai gentili lettori, per le numerose imprecisioni che dovessero riscontrare nei testi presentati che sono il risultato di una operazione, lunga e complessa, di ricerca, raccolta e confronto tra le varie versioni delle poesie che attualmente sono in uso tra le devote del paese ed alle quali riconosciamo il merito, importantissimo, di avere conservato negli anni queste meravigliose perle di cultura che, mi piace sottolineare, non sono solo religiose nel senso stretto del termine ma afferiscono pienamente le sfere più alte e nobili della poesia e della cultura ulassese e sarda *tout court*.

Ovviamente il nostro libretto non ha pretesa alcuna di esaustività e, men che mai, di correttezza formale o filologica ma rappresenta unicamente il tentativo, particolarmente sentito, questo sì, consentitecelo, di evitare che una tradizione secolare straordinaria possa correre il rischio di perdersi e scomparire ma sia, al netto delle imprecisioni e lacune denunciate, preservata e tramandata come risultato, perfettibile, del nostro desiderio di salvaguardia e valorizzazione del patrimonio culturale del nostro amato paese. Opera umile certamente ma che merita, crediamo, di essere comunque salvata da certo oblio che tutto travolge e trasmessa, orgogliosamente, alla storia. Sarà certo una storia minore, con la "s" minuscola, ma che noi amiamo e consideriamo importante e preziosa in quanto "*nostra*" e che, indipendentemente dalla sua, reale o presunta, autorevolezza e rilevanza, riteniamo parte integrante e sostanziale della più alta anima di Ulassai. Piccolo ma ugualmente prezioso tassello nel grande disegno della cultura sarda.

E' questo un ulteriore contributo che l'associazione culturale *Sa perda e su entu* di Ulassai, che mi onoro di presiedere, vuole offrire alla comunità come spunto di riflessione ed appello, accorato, alle autorità sociali e religiose perché, prima che l'inesorabilità del tempo lo renda vano, intraprendano, sopratutto nei piccoli e piccolissimi paesi, forse più soggetti degli altri a trascurare e dimenticare le proprie tradizioni locali, si facciano portatori ed interpreti, finché ancora è possibile, della necessità di una completa raccolta e sistemazione di quell'enorme patrimonio culturale immateriale esistente (sopratutto orale) sparso e disseminato tra le numerosissime parrocchie, confraternite e comunità di fedeli e devoti sarde.

Prima di iniziare la nostra trattazione credo possa essere utile dare alcune indicazioni che ritengo importanti per consentire di inquadrare, anche storicamente, la pratica delle *Quarantore* di cui il nostro lavoro si occupa.

Col termine *Quarantore*, secondo il significato registrato anche dalla Treccani, è indicata la pratica religiosa e liturgica, risalente già al Medioevo, dell'adorazione pubblica dell'Ostia consacrata (Santissimo Sacramento) contenuta nell'ostensorio esposto solennemente sull'altare. Il nome richiama però, espressamente, la durata del tempo in cui il corpo del Cristo, dopo la sua morte e deposizione dalla croce, venne condotto al sepolcro e lì giacque, tra il venerdì pomeriggio e fino alla sua resurrezione, avvenuta la domenica mattina. Durante queste quaranta ore (dalle quindici del pomeriggio di Venerdì Santo e fino alle sette del mattino della domenica di Pasqua e Resurrezione) i fedeli rimanevano in preghiera e facevano penitenza per prepararsi degnamente alla grande solennità della Pasqua.

Singolare la simbologia del numero *quaranta*, che, nella tradizione delle Sacre Scritture, rappresenta un periodo di purificazione ed espiazione per condurre i fedeli al traguardo della salvezza. *Quaranta* è il numero della tribolazione e della prova, della penitenza e del digiuno, della preghiera e della punizione; *quaranta* giorni e *quaranta* notti durò il Diluvio Universale e Mosè sostò *quaranta* giorni sul Monte Sinai in attesa di ricevere la Legge (Es 24, 38) ; il cammino nel deserto del profeta Elia (1, Re, 19, 8) e il periodo della penitenza nella città di Ninive (Gio, 3) durarono *quaranta* giorni; il viaggio nel deserto degli Ebrei durò *quaranta* anni; il periodo del digiuno di Nostro Signore, dopo il Battesimo, durò *quaranta* giorni ed in seguito anche la Quaresima (tempo di Passione) della Chiesa; l'apparizione di Cristo ai suoi discepoli avvenne *quaranta* giorni dopo la Resurrezione ed infine, e qui veniamo a noi, il corpo di Nostro Signore rimase nel Sepolcro per *quaranta* ore prima della sua resurrezione.

E' documentata la pratica delle Quarantore già prima del 1214, in Dalmazia, e da qui si estese, per il tramite delle numerose confraternite, e si diffuse velocemente in tutta Europa, quale cerimonia alla quale si ricorreva, anche al di fuori della Settimana Santa, per implorare misericordia e consolazione nei momenti di particolare difficoltà della vita religiosa e sociale.

Grande impulso alla sua diffusione si deve a S. Carlo Borromeo, che a questa particolare celebrazione ricorse per chiedere aiuto e conforto al Signore quando, nel 1527, la sua Milano e l'intera Italia venne invasa e saccheggiata dai numerosi eserciti stranieri che la attraversarono in lungo ed in largo distruggendo e saccheggiando quanto trovavano sul loro cammino.

Da allora, a seguito dell'approvazione di papa Paolo III, con il *Breve pontificio* del 28 agosto 1537 e sopratutto dopo l'enciclica *Graves et diuturnae* di Clemente VIII, nel 1592, la pratica delle Quarantore si regolarizzò e si propagò rapidamente, soprattutto grazie all'opera dei Cappuccini prima e dei Gesuiti poi, in tutta Italia e via-via progressivamente nell'intero mondo cattolico.

Quindi, sebbene nata nel contesto della Settimana Santa, all'interno della Quaresima (il periodo di quaranta giorni che precede la celebrazione della Pasqua) la liturgia cattolica ha esteso la commemorazione di questo arco cronologico tra la morte e la resurrezione del Cristo con la adorazione eucaristica che si svolge anche in altre particolari occasioni e solennità tra cui la Domenica delle palme, il Lunedì ed il Martedì santo. Ora un po' in disuso la pratica è stata, per secoli, nella vita della Chiesa, insieme alla festa del *Corpus Domini*, la più importante espressione di pietà popolare verso l'Eucaristia.

La nostra personale versione de *Is Corantoras* trae le sue origini dall'ormai lontano 2003 quando, costituitasi da poco l'associazione culturale, mi accostai e venni introdotto, per la prima volta, al mondo, per me sconosciuto, dei riti della Santa Quaresima di Ulassai e ne indagai la straordinaria vivacità e tradizione rimanendo affascinato e colpito da una realtà, sotterranea e silenziosa, ma ricca di passione e di fede come poche.

Grazie alla collaborazione del parroco di allora (Don Pietro Sabatini) e del prezioso amico Mario Usai, entrammo, in punta di piedi, all'interno delle abitazioni dei gruppi di preghiera che ci accolsero, prima un po' dubbiosi ed un po' scettici, poi sempre più bonariamente accondiscendenti, concedendoci il privilegio di effettuare liberamente alcune riprese delle loro adunanze nelle quali assistemmo, incantati, ad autentiche cerimonie religiose in musica.

Fu una esperienza folgorante. Alla sincera fede religiosa si univa un coinvolgente uso musicale della preghiera con la recitazione cantata di dolci melodie in rima, che poi scoprii essere di origine antichissima, tra i cui versi si percorreva, quasi fisicamente, in un viaggio mistico tra dolore e condivisione, la passione del Cristo, la sofferenza della vergine Maria per la perdita del figlio, la crudeltà del martirio e la assoluta ingiustizia di un mondo, insensato e tiranno, che rinnegava assurdamente il proprio creatore. Uno strumento inedito per me, attraverso il quale si indagava, con una sensibilità straordinariamente intensa, l'animo umano ed il suo rapporto profondo ed intimo con il proprio Dio ed i fondamenti pregnanti della religione cristiana.

Fu proprio quel senso, quasi palpabile, in ambienti antichi ed informali, di condivisione assoluta, di empatia e partecipazione interiore intensa tra l'uomo ed il suo creatore che mi colpì profondamente.

Ricordo ancora oggi con stupore, a distanza di anni, la sensazione, inaspettata, che provai nel sentire quelle dolci nenie. Brividi intensi mi salivano, prepotenti e coinvolgenti, lungo la schiena, trasportandomi in un mondo straordinario dominato non da formule vuote, come forse, inconsciamente (lo confesso), mi aspettavo, ma da melodie dolcissime e struggenti, cantate con autentico trasporto e profondissima fede che emanava e traspariva da ogni verso de *Is crudelis* o de *A sa rugi santa*, cantiche meravigliose e dalla fortissima ed intensa carica emotiva e sentimentale.

Da quella esperienza realizzammo un documentario, della durata di quasi due ore, di buona parte delle canzoni che andavano a costituire il *corpus* di quelle autentiche preghiere cantate che passano, ad Ulassai, sotto il nome di *Is Corantoras*. E ancora oggi, continuando quella straordinaria tradizione, nei quaranta giorni che precedono la Santa Pasqua, alcuni rioni del paese eleggono una abitazione privata a luogo di culto (privato ma profondamente comunitario) dove i gruppi di preghiera, ad una precisa ora della sera, con fervida passione religiosa, celebra e recita il Santo Rosario. Un rito religioso, cantato *in limba*, povero ma sentito, intenso, lontano dallo sfarzo di certa Chiesa ufficiale che, mi pare, richiami fortemente lo spirito primigenio degli antichi riti religiosi propri delle origini del cristianesimo.

E qui, nelle fredde sere invernali, le donne, unite dalla

fede e da quella sensibilità tipicamente femminile, nella penombra di queste chiese improvvisate, rischiarate appena dalle fiamme tremule delle candele a cera o ad olio, attorno ad antichi bracieri (*is cuppas*) e, con spirito di partecipazione autenticamente comunitaria, si uniscono in canti meravigliosi, commoventi ed appassionati, che celebrano la passione di Cristo, la durezza e la crudeltà della storia, la consapevolezza del peccato, la paura delle pene, in un dialogo ardente, toccante, talvolta disperato e penoso, sempre diretto e personale, con Dio e con i Santi ma sopratutto con la Santa Vergine Maria. Intimamente donna tra le donne. Madre tra le madri.

Sono le donne, infatti, le vere, autentiche, protagoniste di queste meravigliose cantiche ma, più in generale, di tutte le poesie e le preghiere contenute in questa umile raccolta. Una complicità ed una condivisione sentita del dolore che apre uno spaccato straordinario sull'universo femminile, religioso ma non solo, profondissimo, ricco e particolarmente intenso della parte più alta della nostra più sublime ed nobile umanità.

Dall'analisi dei riti pasquali praticati nei paesi viciniori non abbiamo avuto conferma di altri comuni presso i quali si celebri, in questo modo, la passione quaresimale e questo ci porta a credere, con un pizzico di orgoglio e malcelata soddisfazione, che questo meraviglioso e straordinario esempio di preghiera in musica esista solo ad Ulassai e sia peculiare caratteristica di quella sensibilità ed individualità locale, da salvaguardare, custodire e difendere gelosamente, cui ci siamo richiamati all'inizio.

Un cenno a parte merita, poi, l'analisi delle origini dei testi presentati. Anche in considerazione di una sorta di giallo storico che riguarda l'autore di numerose poesie che presentiamo. Va subito detto che non esiste una paternità certa delle cantiche, sopratutto di alcune e ugualmente azzardato sarebbe, a mio giudizio, anche la loro attribuzione ad un unico autore. E' evidente dalla varietà dei ritmi e dei temi che, seppure unificati ed inseriti nel medesimo retroterra celebrativo ed encomiastico di matrice ottocentesca, evidenziano comunque sensibilità, perizia compositiva e peculiarità del tutto differenti.

Tra i versi, infatti, si susseguono immagini che richiamano, quasi plasticamente, una visione religiosa tipicamente medievale con il rimando ad immagini cupe, tetre e dense di paura e terrore del peccato. Una atmosfera, un po' surreale per i nostri tempi, che riportano alla mente le processioni, enfatiche ed un po' esaltate, dei frati flagellanti che, attraversando con le verghe in mano e la schiena grondante di sangue le contrade, stupite e sgomente, degli antichi borghi al limitare del famigerato "*Mille e non più Mille*", disegnavano scenari apocalittici e l'urgenza della rigenerazione per una umanità oramai dannata e senza speranza di redenzione. Ma anche versi delicati, di quella sensibilità propria della riscoperta dell'Uomo rinascimentale, quando alle tinte fosche del peccato ed alla durezza quasi crudele delle pene subentrano l'indagine psicologica, i dubbi ed i tormenti più tipicamente umani, personali ed intimi. La delicatezza e lo scoramento di un confronto, sofferto ma desiderato, tra il Divino cui si anela e l'Umano che, quasi un sofferente dio minore, ci tiene legati ed avvinti alla miseria quotidiana della vita.

Assistiamo qui al crollo moderno delle certezze medioevali, di una fede cieca priva di dubbi, incertezze e tentennamenti (come certa assolutezza tradizionale ci ha voluto storicamente tramandare) e vediamo la nascita di un mondo e di una sensibilità nuova, la apertura, nel muro delle certezze antiche, di crepe profonde, abissi insondabili al cui interno si possono intravedere e cogliere, tra i metri rigidi delle cantiche, le dolorose inquietudini ed i tormenti interiori propri dei tempi moderni.

La caducità della vita e del tempo, l'ineluttabilità della morte, la fugacità del potere, della gloria e del piacere mondano, realtà e debolezze tentatrici ma effimere, il monito del peccato, la compassione (tutta divina ma, al tempo stesso, intimamente umana), le meditazioni, lucide, sulla morte, le invocazioni accorate, il senso di colpa, le richieste di protezione e la profonda consapevolezza, dolorosa, amara e disincantata del dubbio. Una vastità straordinaria di passione, fede, speranza, desideri ed incertezze che va a costituire l'universo sentimentale nel quale si colloca e si perde, dalla notte dei tempi, ogni buon cristiano ma, in ultima sintesi, ogni essere umano.

Ora è difficile attribuire ad un medesimo autore una tale complessità e varietà di toni ed accenti che toccano e sollecitano, così profondamente, le corde più recondite e sensibili del nostro animo e della nostra intima e moderna sensibilità. E' nostro modesto parere quindi che tanti siano stati, nel tempo, a più riprese, gli autori (od i coautori) delle nostre cantiche.

Se a questo si aggiunge il fatto poi, come detto, che le stesse forme originali hanno, certamente, subito numerose contaminazioni ed interventi proprie di autori anonimi (probabilmente gli stessi fruitori ed interpreti locali) che ne hanno, negli anni, modificato, anche profondamente, il contenuto, appare indubbio quanto sia improbabile pensare di individuare, con certezza, i redattori primi di un così vasto e e composito *corpus* poetico.

Tuttavia, almeno di alcune preghiere, è possibile ritrovare, con un certo margine di certezza, richiami e riferimenti, abbastanza attendibili, a rimatori e poeti risalenti al finire del '700. Alcuni anche precedenti.

L'autore principe cui si rifa risalire la paternità di buona parte de nostri componimenti, e ritenuto unanimemente il "rimatore sacro" per antonomasia di quegli anni, è Bonaventura Licheri, un poeta autorevole, dotto e sensibile, ritenuto uno dei più prolifici compositori di poesie religiose popolari e *Gosos*, o *Goccios* come usiamo chiamarli in Ogliastra, che sono ancora oggi, a distanza di secoli, enormemente diffusi e cantati.

Non registriamo però sul suo conto (neppure sulla sua biografia), una condivisa ed unanime concordanza di dati e notizie tra gli studiosi.

Sulla sua reale identità sussistono infatti, ancora oggi, notevoli dubbi ed incertezze.

Si sa che Bonaventura Licheri nasce a Neoneli ma i suoi stessi dati anagrafici non trovano riscontri documentali certi e sono ancora avvolti nel mistero.

Per alcuni, tra cui Giovanni Spano (autore della monumentale raccolta *Canzoni popolari inedite in dialetto sardo-centrale ossia logudorese* che vide le stampe, in VI volumi, negli anni dal 1863 fino al 1872), fu un gesuita che abbandonò l'ordine fondato da Sant'Ignazio di Loyola al suo scioglimento avvenuto nel 1773. Figlio di un importante notaio di Neoneli, rimase, dismesso il saio e l'abito talare, profondamente legato all'ambiente ecclesiastico anche dopo essere uscito dall'ordine. Non si hanno, però, al riguardo altre notizie.

Fu Raimondo Bonu, un sacerdote di Ortueri, autore nel 1952 di *Scrittori sardi nati nel secolo XVIII*, a darci i primi dati concreti sul poeta neonelese. Da suoi studi sui registri parrocchiali (*Quinque Libri*) della parrocchia di Neoneli, identifica un Bonaventura Pasquale, Pietro, Raimondo Liqueri con un bambino, battezzato il 23 dicembre 1734, figlio del notaio Pietro Demontis Liqueri e di Maurizia Contini. Il cognome Licheri viene attribuito, per il Bonu, al nuovo nato (ma solo temporaneamente perché, negli atti successivi, figura come Demontis) prendendolo non dal padre (Demontis), non dalla madre (Contini), ma dalla nonna paterna originaria di Ghilarza. Questo Bonaventura Licheri, così identificato, sarebbe morto nel 1802.

Per il Bonu Bonaventura Licheri fu un padre gesuita che, insieme al missionario piemontese Giovanni Battista Vassallo, percorse in lungo ed in largo le regioni interne della Sardegna per evangelizzare i briganti sardi della seconda metà del 1700 attraverso l'uso di *gosos* e poesie religiose popolari utilizzare come vere e proprie arti di conversione al cristianesimo di vasti strati di popolazione (in specie barbaricina) particolarmente refrattari ai dettami della religione cattolica.

Questa ricostruzione, ripresa ed accettata da tanti studiosi, viene però ampiamente confutata, con dovizia di particolari, da Mario Cubeddu, un docente di lettere e studioso attento di storia locale, che, in un articolo, pubblicato nel 2007 nella rivista *La grotta della vipera*, ed in numerosi altri articoli, dà un nuovo volto ed una nuova identità al nostro poeta.

Cubeddu sostiene, infatti, trovando conferma nel registro dei defunti della parrocchia di Neoneli, conservati presso la Curia Arcivescovile di Oristano, che il Bonaventura Licheri, identificato dal Bonu come nato nel 1734 a Neoneli, sia in realtà morto a 13 anni, il 13 dicembre 1747. Mentre chi morì nel 1802 fu, a suo dire, Antonio Demontis Licheri, in realtà un fratello maggiore del bimbo defunto nel 1734. Un sacerdote (non un gesuita come sostenuto dallo Spano), vice parroco di Neoneli fino alla morte e, a sua volta, poeta peraltro conosciuto e citato dal medesimo Spano nella sua citata raccolta.

Secondo il Cubeddu il vero Bonaventura Licheri nasce sì a Neoneli, ma il 19 gennaio 1668 e muore, nel medesimo comune, il 10 maggio del 1733. Entra nel collegio gesuita di Cagliari il 7 gennaio 1685, a 17 anni, ma ne esce il 4 settembre 1692 senza prendere i voti, anche se l'istruzione ricevuta dalla Compagnia di Gesù fu assolutamente determinante per la sua formazione culturale e poetica.

Questa nuova ipotesi biografica, precedente a quella consegnataci dalla storia fino ad ora conosciuta, va a modificare quindi, profondamente, i già scarsi e frammentari dati che attribuivamo al nostro poeta.

Secondo questo nuovo studioso, Bonaventura Licheri non divenne Padre Gesuita e tanto meno compagno del Vassallo nella sua campagna missionaria e di conversione del centro Sardegna che avvenne solo molti anni dopo la sua morte.

Il Cubeddu segue il nostro Bonaventura Licheri, riscoperto attraverso i registri dello Stato delle Anime di Neoneli, e scopriamo così che è figlio di Antonio Angelo Licheri, originario di Ghilarza, rappresentante di una delle famiglie più facoltose ed in vista del paese, Antonio Angelo Licheri, che probabilmente esercita una funzione importante in seno all'amministrazione comunale di Neoneli (è certamente sindaco nel 1690) ed intrattiene rapporti diretti e profondi con il Marchese al quale il villaggio apparteneva.

L'anno successivo alla morte della madre, avvenuta nell'agosto del 1684, il giovane Bonaventura, compiuti 17 anni, entra nel collegio gesuita di Cagliari per poi trasferirsi, tempo dopo, in quello di Sassari. Qui rimase fino al 1692 quando, dopo la morte anche della seconda moglie del padre, nel frattempo risposatosi in seconde nozze, nel

1688, con la figlia di un importante notaio di Ghilarza, abbandonò l'ordine e rientrò nella casa paterna.

Ritornato a Neoneli, nel 1694 Bonaventura sposa Cipriana Polla, sorella del rettore Juan Ephis Polla e sorella di ufficiali amministrativi che esercitavano la funzione giudiziaria nella contrada del Barigadu (cui Neoneli apparteneva) in nome e per conto dei feudatari che risiedevano in Spagna.

Il rimatore sacro per antonomasia ripercorre, così, le orme del padre e del suocero diventando a sua volta Ufficiale di Giustizia e Giudice Ordinario della Contrada del Barigadu, compresa nella contea di Montesanto (feudo del Marchese di Villasor che, schieratosi nella guerra di successione spagnola con Carlo d'Austria, risiedeva a Vienna).

Il nostro poeta rimane Ufficiale fino al 1716, dopo di che, non avendo avuto figli, viene incaricato di amministrare i beni di alcuni minori orfani affidati alla sua tutela.

Bonaventura Licheri muore il 10 maggio 1733 a 66 anni.

A conferma della collocazione storica del poeta tra il XVII e XVIII secolo si cita anche il ritrovamento, nella *Comedia de la Sacratissima Passion* (rappresentata per la prima volta nel 1728) di Maurizio Carrus, il sarto poeta di San Vero Milis, di uno dei testi più famosi ed unanimemente attribuito al Licheri (*Non mi llamedes como pius Maria* ...). Ne consegue pertanto che l'autore dovette essere attivo e ben conosciuto già dai primi anni Venti del 1700. Ben prima quindi della data di nascita a lui attribuita del 1734.

Questa, tra le varie e possibili ipotesi che si sono succedute negli anni, più o meno supportate da dati oggettivi e documentali verificabili, ci pare la ricostruzione più attendibile e convincente sulla vita del nostro poeta. Ma il campo è ancora aperto ad approfondimenti ed ulteriori ricerche e conferme da parte di altri ricercatori che vorranno cimentarsi con la vita misteriosa e, sconosciuta ai più, di uno dei maggiori e sensibili poeti sacri sardi del secolo decimo ottavo.

Ritornando alla nostra raccolta, a Bonaventura Licheri si attribuisce la famosa *Sexta torrada*, che troviamo col titolo *Nade, signora, pro chie* che lo Spano invece titola *Segnora, e prite cuades*. Poesia che propone, con straziante dolore e particolare, sofferta efficacia narrativa, la domanda accorata rivolta alla Vergine sull'origine del proprio dolore.

Versi riconosciuti ed attribuiti al Licheri li troviamo, in vario modo citati e ripresi, in numerosi opere letterarie particolarmente note e diffuse in Sardegna e non solo. L'*incipit* del pianto lo ritroviamo, ad esempio, in *Miele amaro* (pag. 123 dell'edizione Vallecchi, Firenze 1954) di Salvatore Cambosu, ma anche nella seconda parte del romanzo *Memoria del vuoto* di Marcello Fois (Einaudi, Torino 2006), a pag. 53, dedicato al famoso bandito arzanese Samuele Stocchino.

Sempre al rimatore sacro per eccellenza riporta *O tristu fatale die* (*Sexta cun versu torradu*) che nella nostra raccolta viene, invece, presentata sotto il titolo *Cagliadebos, criaturas* che dà voce al pianto della Vergine addolorata e che, pare, si cantasse originariamente nel Venerdì Santo. Ma anche *Cun tristu mantu abbasciadu* (*Sexta torrada*) che troviamo sotto il nostro titolo *Nara si s'amadu meu* che narra il dialogo tra la Vergine e la Veronica nel quale si descrive la dura ascesa del Cristo al monte Calvario sulla cima del quale avverrà la crocefissione. La *"versione ulassese"* presenta però numerose cesure e lacune. Infatti, a fronte delle sedici sestine riportate dallo Spano, noi ne conserviamo invece solo dieci.

Il pianto della Vergine per il figlio *Sende mortu cun rigores* viene poi qui riproposta ridotta (11 sestine a fronte delle 16 riportate dallo Spano) col titolo *Non mi giamedas Maria*. La differente titolazione attribuita alle preghiere si può facilmente spiegare col fatto, abbastanza comune che, in assenza di intestazioni esplicite, si utilizza come titolo, secondo una consuetudine diffusa, il primo verso della poesia, mentre ad Ulassai assume dignità di titolo non il primo ma il verso che viene utilizzato come ritornello al termine di ogni sestina. Buona parte infatti delle *pregadorias*, proprio perché cantate, presentano lo schema ritmico ed il modulo musicale proprio del ritornello che viene ripreso al termine di ogni strofa o stanza.

Il ritornello *O mamma dammi licenzia* lo ritroviamo, sempre nello Spano, nella sestina *Su partire m'est forzadu* (pag. 88) che presenta però un testo diverso (tranne alcuni versi) rispetto alla nostra seppure in perfetta aderenza con l'argomento trattato.

La toccante *Is crudelis*, una delle cantiche che suscitano maggiore coinvolgimento emotivo e sentimentale, specie nella nostra versione cantata, la ritroviamo pressoché identica in N. Usai, P. Marcialis, *I riti della settimana santa*, Ed. Condaghes, 1997, ma anche a Villanovafranca (con il titolo *Is lamentus o gocius de s'addolorada*) in M. Porru, P. Porru, *Villanovafranca: storia, cultura e tradizioni*, edizioni Nuove grafiche Puddu, 2004, pag. 136.

La medesima *pregadoria* compare poi molte volte nella corposa pubblicazione edita dalla Provincia del Medio Campidano dal titolo *Is pregadorias antigas: Su signu de sa devotzioni* a cura di Nicoletta Rossi e Stefano Meloni per i tipi della Grafica Parteolla, 2011, come recitata a Turri, Furtei, Gesturi, San Gavino, Sanluri, Serrenti e Siddi il Venerdì Santo durante la celebrazione de *Su Scravamentu*.

Se la poesia-domanda *Nade, signora, pro chie* pare riportarci al Licheri, la poesia-risposta *Pro fizu meu defuntu* ci riconduce ancora alla raccolta citata di *Pregadorie antiche* del Medio Campidano. La troviamo infatti, a pag. 120 ed a pag. 473, tra le preghiere cantate *Pro sa segunda die* della Settimana Santa sia a Gesturi che a Tuili.

Ed ancora, la prima delle due *Deus ti salvet, Reina*, presentata nella nostra raccolta a pag. 47, la ritroviamo in don Lorenzo Tuveri, *Piccola raccolta di Pregadorias antigas in lingua sarda*, Santuario diocesano di Santa Maria Acuas, Sardara Terme, Cagliari, 2008, a Sardara, ma anche a pag. 606 de *Is pregadorias antigas: su signu de sa devotzioni* come presente nel Comune di Villamar.

Sempre a Villanovafranca (pag. 640) rinveniamo invece *Ita fillu bellu chi tenet Maria* ma anche qui la cantica è presentata come di autore anonimo.

S'angiulu miu guardadori, sempre di autore incerto, compare, con variazioni, in diverse versioni presenti nei comuni di Arbus (pag. 41), Barumini (pag. 48), Sanluri (pag. 355) e Villacidro (pag. 579). Proprio nelle note riferite a questa versione di Villacidro, a pag. 666 della medesima raccolta edita dal Medio Campidano più volte citata, rinveniamo l'attribuzione della poesia ad una certa Grazia Piras, nativa di Villacidro (sposa, in seconde nozze, di Giuseppe Mancosu, nonno di Antoni Pepi Mancosu e padre di Palmerio Mancosu) e morta a Samassi nel 1834. Il dato pare sia conservato presso l'Archivio privato della Sig.ra Maria Maddalena Cadoni di Samassi.

S'atitu Sette ispadas de dolore lo rinveniamo, a pag. 122, tra *Is pregadorias antigas* recitate *Pro sa cuarta die* nel Comune di Gesturi.

Nei *Gòcius de is santus afestaus a Furtei*, sotto il titolo *Su mercuris de cinixu* troviamo anche, in una versione pressoché identica, la nostra *Arregoda ca ses terra* sebbene con alcune sestine collocate in ordine leggermente diverso ma che, nella nostra riproposizione, abbiamo voluto allineare con questa versione che ci pare più corretta.

La famosissima laude *Deus ti salvet, Maria*, meravigliosa Ave Maria sarda, poi pare il risultato di incrementi ed aggiunte successive trovando nel nostro testo vulgato l'unione di due distinti componimenti. Ad una prima parte, meno nota ai più, seguono invece, portando l'opera alla sua conclusione, i versi resi famosi da numerosi cantanti non solo sardi (da Maria Carta a Fabrizio De André ad Andrea Parodi passando per innumerevoli cori polifonici e *tenores* disseminati in tutta l'isola).

Anche la paternità di questa seconda parte della canzone è, ancora una volta, oggetto di contestata attribuzione al nostro Bonaventura Licheri.

Secondo il già citato Raimondo Bonu, l'erudito sacerdote di Ortueri a cui si deve il primo approfondimento sull'identità del poeta (confutato, come abbiamo visto, dal Cubeddu) è proprio lui l'autore dei celebri versi. Interpretazione confermata anche da Eliano Cau, curatore nel 2005 di un volume di inediti attribuiti al Bonaventura Licheri, dal titolo, per l'appunto, *Deu ti salvet, Maria*, nei quali tra l'altro ritiene di trovare conferme sull'origine, contestata, di alcune tra le maschere carnevalesche tradizionali di numerosi paesi del Barigadu.

Anche questa ricostruzione viene, però, confutata dallo stesso Mario Cubeddu e dal padre gesuita Raimondo Turtas (uno dei massimi esperti di storia della Chiesa in Sardegna) che, nel suo *I gesuiti in Sardegna. 450 anni di storia (1559-2009)*, edito dalla CUEC nel 2010, conferma pienamente la ricostruzione biografica di Bonaventura Licheri fatta dal Cubeddu e ribadisce l'attribuzione del *Deus ti salvet Maria* al gesuita di Todi Innocenzo Innocenti (1624 – 1697) la cui versione in castigliano venne pubblicata a

Macerata nel 1681.

Il testo della laude, conosciuta anche in Corsica, viene poi, si ignora quando e da chi, tradotta in sardo logudorese ed introdotta in Sardegna. Il testo, pressoché identico, viene infatti ritrovato, in castigliano, in un registro seicentesco dei battesimi della parrocchia di Torralba, mentre la sua prima versione in sardo logudorese la troviamo all'interno del *Rosarium* di Maurizio Carrus di San Vero Milis, opera contenuta in *La scena persuasiva* di Sergio Bullegas, a pag. 266, data alle stampe nel 1730 per i tipi delle Edizioni dell'Orso, Torino 1996.

In l'ultimo, sempre nella raccolta più volte citata delle *Pregadorias antigas* realizzata nel Medio Campidano, con titolo *Pro sa sesta die*, abbiamo rinvenuto, tra i *Gosos de sa Vergini addolorada* di Gesturi, la preghiera *Dademi, pro amor'e Deu*, il lamento afflitto e sconsolato col quale la Vergine Maria cerca conforto ed aiuto per deporre dalla croce il corpo del figlio e dargli, così, cristiana sepoltura.

Delle altre preghiere presenti in questa nostra raccolta non si sono trovati riferimenti ad autori certi e ad esse si riferisce pienamente, a nostro modesto parere, quanto detto nella prima parte di questa introduzione.

Se ignoriamo la data esatta circa la precisa composizione e la nascita certa delle antiche cantiche inserite nella nostra raccolta (sebbene appare abbastanza indubbio si collochino orientativamente nel periodo considerato), con tutti i dubbi e le perplessità espresse, conosciamo con sicurezza invece la data di primo utilizzo ad Ulassai. E' direttamente il parroco del paese, il reverendo Luigi Mulas, che ce ne dà notizia nel suo *Liber Chronicus* (*La parrocchia ed il mio popolo di Ulassai. Notandi fatti del Parroco Sac. Luigi Mulas per la Storia. Cominciato dal Dicembre 1880, tempo della sua venuta in Ulassai fino al 25 Maggio 1913 in cui prese possesso dell'arcipretura di Tortolì*). Ed infatti leggiamo nel suo diario, in corrispondenza della cronaca riferita la 23 marzo del 1913, la seguente annotazione: «*Nei giorni 20 - 21 - 22, furono per la prima volta fatte in questa chiesa parrocchiale, durante la Santa Quaresima, le Quarant'ore. Le predicò il C.co Raff. Chillotti ed il frutto fu copioso, perché s'ebbero oltre alle cinquecento Comunioni. Il popolo intervenne numeroso e devoto alle funzioni non solo, ma a tutte le ore della giornata intervenne numeroso alla adorazione di Gesù Sacramentato, e fu una vera manifestazione di fede*».

Giunti alla conclusione di questa nostra modesta nota introduttiva, ci apprestiamo a lasciarvi alla lettura diretta e viva delle preghiere-poesie che abbiamo indegnamente cercato di presentarvi preparandovi ad accogliere, nei vostri cuori e nei vostri animi, le suggestioni profonde e toccanti che, ne sono certo, queste cantiche straordinarie sapranno suscitare in voi. Nonostante l'incertezza delle fonti, delle date di composizione, degli autori, etc. Nonostante tutto, a noi piace pensare a loro come ad opere collettive, identitarie, proprie del nostro *genius loci*. Di un paese che, superate le divisioni, i rancori e le liti personali, ha voluto esprimere, tramite esse, e ritrovare con condivisa partecipazione, il suo essere propriamente Comunità. Unita, forte, coesa nei valori più alti e nobili che si rispecchiano in una fusione ideale, religiosa, spirituale e mistica con Dio e con la natura più pura del suo, e del nostro essere, profondamente, Uomini. Degni figli di un Padre celeste col quale sentirci, sublimati anche da queste liriche meravigliose, sempre più legati ed intimamente partecipi. Parti senzienti e consapevoli di uno straordinario disegno nel quale, ancora oggi, a distanza di secoli, ci piace perderci e naufragare con dolcezza.

A SA RUGI SANTA

1) Adorai totus a sa Rugi Santa,
   is missionistus candu predicanta
   sia' po sa morti e passion'e Cristus(u)
   candu predicanta is missionistus(u):
   accodei totus a nos cunfessai.

A SA RUGI SANTA TOTUS ADORAI

2) Accodei totus a sa vera Rugi,
   nosu de su celu ancu'nd'apeus lugi
   segundu ch'adessiri agradabili a Deus(u),
   nosu de su celu ancu lugi nd'apeus(u)
   po candu su mundu 'eus(u) a cambiai.

3) Po candu su mundu a cambiai d'eus(u),
   ca cust'est sa Rugi acantu est mortu Deus(u),
   ca d'ia'tentau Adamu sendu in s'ortu,
   ca cust'est sa Rugi agantu Deus est mortu,
   ca d'ia' tentau Giudas po peccai.

4) Ca d'ia'tentau, non ca d'ia' tentau,
   po du traigìri sidd'ad'abbrassau
   e calma su giustu c'as a tenni' sa fidi;
   sidd'ad'abbrassau po du traigìri
   e detta' paperis po du catturai.

5) E detta' paperi e non detta' paperi,
   Giudas, maladittu, i si d'est postu meri;
   de penas ch'a' bitu su paperi scrittu
   postu si d'est meri Giudas, maladittu,

ca a' bendiu a Deus po trinta 'inaris.

6) C'a' bendiu a Deus po 'inaris trinta,
   custu est(i) unu mari de grazia infinita;
   Giudas est su primu chi a' fattu sa stansia,
   custu est(i) unu mari de infinita grazia,
   ci a' peri su coru su due pensai.

7) Ci a' peri su coru, non ci a' peri su coru,
   e comente figliu 'os'amu e 'os'adoru
   e a d'ogni ora a mama 'osta lamu
   e comente figliu 'os'adoru e 'os'amu
   cun totus est chi sia fragili a peccai.

8) Cun totus est chi siada e cun totus est chi seus(u)
   cun totus est chi sia', piedosu Deus(u),
   e non mirid'Issu a su chi feus nosu,
   cun totus est chi siada, Deus piedosu,
   e che bonus figlius nos possa' mirai.

9) E che bonus figlius e non che bonus figlius(u),
   beniu ncia' para' de bonus consiglius(u),
   chi andanta cun Deus e non funti solus(u);
   beniu ncia' para' de consiglius bonus(u)
   chi su cristianu non si perda mai.

10) Chi mai si perdad'i su cristianu,
   cuddu chi si pesa' dognia mengianu
   segundu ch'adessiri ausa-ausa avesada;
   cuddu chi dognìa mengianu si pesada
   faccasì sa Rugi a innanti 'e succai.

11) Faccasì sa Rugi e sa Rugi si faccada,

cosas cantu 'oli' Deus nos accansada
e benis chi nosu non di minesceus(u)
cosas cantu 'oli' nos accansa' Deus(u)
e dognia beni ch'eus a disigliai.

12) E dognia beni e non dognia beni,
ma nosu de fidi du depeus crei,
ca po mori nosta anti acciotadu a Deus(u),
ma nosu de fidi creìri du depeus(u),
ca po nosu morti a' bolliu pigai.

13) Ca po nosu morti, non ca po nosu morti,
a innanti 'e d'occiri d'attrocint'a forti
e a domu de Pilatu du portesti;
a innanti 'e d'occiri a forti d'attrocesti,
a fun'a su zugu e cun d'una cannita
e du spassiglianta a sonu de trumbita
e de passu in passu infranta a d'acciotai.

14) E de passu in passu e non de passu in passu,
ma Giudas, po Deus, fudi istau farsu
e a s'ora-a s'ora i d'iada ingannau,
ma Giudas, po Deus, farsu fudi istau
e immoi sa cadena no da sega' mai.

15) E immoi no da sega' mai sa cadena,
ca de Deus 'ia' bitu pagu pena,
candu d'ia' bitu attordid'e afflittu
'ia' bitu pagu pena 'e Gesu Cristu,
marteddu e tenaglia a' bogliu a du incravai.

16) Marteddu e tenaglia e tenaglia e marteddu,
ca s'ispinas calanta fina' a su cerbeddu,

ca custu du nanta cuddas tres Marias(a):
fina a su cerbeddu i calanta s'ispinas(a)
e Deus, nienti, senza si chesciai.

17) E Deus nienti e non Deus nienti,
a sa mamma sua candu si du nerinti,
incrispada is passus e poni' sa vua;
candu si du nerinti a sa mamma sua,
anda sola-sola a su monti a du giccai.

18) Anda sola-sola a du giccai a su monti
e agatideddu incravadu in sa notti,
e a moda de ir bandius atteglionau,
e agatideddu in sa notti incravau
e nimanc'a prassa i da lessinti intrai.

19) E nimancu a prassa e non nimancu a prassa,
e bestantanceddi in su coru una lansa,
sendu in sa colunna e sendu sanu e bonu,
e bestantanceddi una lansa in su coru
e pungi longeu po non biri mai.

20) E pungi longeu e non pungi longeu,
a s'ora 'e sa lugi si dus torri' Deus
e sambini giustu in cara di fergesti;
e a s'ora 'e sa lugi Deus si du torresti
ca custu d'a' fattu a innanti 'e spirai.

21) Ca custu d'a' fattu, non ca custu d'a' fattu,
a innoi abbascidi su Spiridu Santu,
su Spiridu Santu giai nc'esti abbasciau;
sa corona 'e ispinas a sa Mamma a' dau

e is tres obilus po dus osservai.

22) E is tres obilus e non is tres obilus(u)
    e prangei totus, mannus e pitius(u),
    ca Deus est mortu a is trintatres annus;
    e prangei totus, pittius e mannus,
    candu du portanta a du sentenziai.

23) Candu a du sentenziai du portanta,
    in d'una fossa noa incid'aparicianta,
    beni suggellada de maistus de proa;
    incid'aparicianta in d'una fossa noa,
    beni suggellada po no da segai.

24) Po no da segai beni suggellada,
    dus ominis armaus anca due corcanta,
    fendu sentinella a sa moda de sordaus(u);
    anca due corcanta dus ominis armaus(u)
    fendu sentinella po non benni' a pari.

25) Po non benni' a pari fendu sentinella
    sa notti a' bessiu in su mari una stella
    luminosa e bella issirriend'a Deus a risuscitai.

26) A risuscitai issirriendu a Deus(u)
    ma nosu po babbu de totus du teneus(u),
    mannus e pitius e bius(u) e mortus(u);
    nosu du teneus po babbu de totus(u)
    po candu sa gloria nos possa' donai.

A SA RUGI SANTA TOTTUS ADORAI

S. Maria del Monserrato (dopo il restauro del 2008)
Chiesa parrocchiale S. Antioco Martire. Ulassai

IS CRUDELIS

1) Fillus chi boleis formai
   de lagrimas dus errius,
   IS CRUDELIS DOLORIS MIUS
   UNU PAGU CUNTEMPLAI

2) Custu coru trapassau
   o si movat a cumpassioni,
   candu su profeta Simeoni
   mi d'iada profettizzau
   de biri unu fillu amau
   in d'una grugi incravau.

3) Unu Erodi persighendi
   a s'infanti miu Gesusu
   su dolori est prusu e prusu
   bandad'in mei aumentendi
   de su furori scapendi
   a s'Egittu bandu a abbitai.

4) Seu de penas ingiriada
   po tres dis circu e non biu
   a s'amadu fillu miu
   ch'in su tempiu desputada
   biendumi abbandonada
   non mi possu consolai.

5) Restu gasi dismaniendi
   ca sa pena est tropu forti
   cundennau a infami morti
   unu fillu cuntemplendi,
   sa grugi a pala portendi

appenas podidi andai.

6) Mi manca giai su respiru
   candu in sa penosa grugi
   de custu mundu sa lugi
   s'eclissada e deu d'ammiru;
   m'esti allebiu su suspiru,
   consolu su lagrimai.

7) Una crudeli lansada
   chi su petus d'adi apertu
   de unu fillu ancora fertu
   a mei, mamma tribuliada,
   po is penas soi riservada,
   bivu solu po agonizzai.

8) Sola restu in amargura
   de totus abbandonada,
   ca de mei s'esti appartada
   s'allirghia ei sa dulciura;
   una trista sepoltura
   at poziu attilograi.

9) In sa solidadi trista
   restu imoi disconsolada,
   de angustias ingiriada,
   de afflizionis provvista;
   aundi furriu sa vista
   penas solu depu incontrai.

10) Cuddu gosu chi tenia,
    cuddu cuntentu in Betlemme,
    s'ingrata Gerusalemme

d'at cunvertiu in agonia:
in custa tanti allirghia
anti a bennir'a riparai.

11) In custus funti paraus
cuddus angelicus cantus,
in dognia ossequis santus
de tres reis umiliaus,
totu funti cambiaus
in penas po turmentai.

12) Dognia cuntentu tenia
cun mirai solamenti,
fillu, tanti ubbidienti,
fillu, causa de allirghia,
fillu, chi sa tirrania
solu at possiu sepultai.

13) Fillu, tanti maltrattau,
fillu, tanti persighiu.
Nara, populu attriviu,
Eita dannu t'at causau?
Poita t'adi illuminau
tui d'as bofiu aciotai?

14) Poita chissu at restituiu
a s'is surpus sa vista?
Poita chissu a sa conquista
de is animas est bessiu,
de purpura d'as bestiu,
po tindi podir' beffai?

15) Poita sustentu as donau

cun abbondansi'a is famius?
Poita medas cunsumius
e malaidus as curau
e mortus resuscitaus,
morti d'as boffiu donai?

16) Mortalis, chi camminais
e andais po d'ognia via,
narai si a sa pena mia
simiglianti nd'incontrais,
narai ca non nd'agatais,
sa beridadi eis a nai.

17) Mammas, chi fillus teneis,
e de coru i dus amais,
si affligida mi narais,
su motivu giai iscieis,
est giustu chi cunfesseis
ca mi possu lamentai.

IS CRUDELIS DOLORIS MIUS
UNU PAGU CUNTEMPLAI

ARREINA DE SA SOLIDADI

Arreina 'e sa solidadi,
    cristianus, adorai
    a su Santu Corpus de Deus
    ita figlius malus chi seus
    sentenziaus a sa morti;
    Giudas cun cadenas forti
    de s'ortu 'ndi a' bogau,
    Giudas sidd'ad'abbrassau
    cun lansas e cun ispadas,
    feridas e assappuladas,
    feridas a facci in terra,
    du portanta che sordau in gherra,
    du portanta a son'e trumbitta;
    sa mamma 'ndi fudi in circa
    totu sa notti prangendi,
    e de coru sospirendi
    a sospirus de su coru:

«Bitu m'eis cuddu Tesoru?
    Bitu m'eis a Figliu miu?
    Ca miru e no du biu...
    A chi sceda m'adi a dai
    sa gloria ada a gosai,
    manna siada o pittia,
    ad'a gosai sa gloria».

«Neri', Munsignora mia,
    ite figura portada?
    Figura 'e cavaglieri in spada,
    unu innoi 'nd'a' passau:

de Giudas malitrattau».

«Cussu est Figliu miu. Oh Deus!
    Cussu est Figliu amau.
    A morti mi ddu portesti
    in sa colunna accappiau.
    Cara istella, luminosa
    non d'eis tentu piedadi?».

DEUS TI SALVET, MARIA,
ARREINA 'E SA SOLIDADI. BIS)

NADE, SIGNORA, PRO CHIE

Reina, proite ammantada
sa cara bianca che nie
NADE, SIGNORA, PRO CHIE
SU MANTU NIEDDU I PORTADES? BIS)

1) Pro chi'est custu corruttu,
   pro chi'est custu fastizu;
   bos at mortu calchi fizu
   o calchi persona 'e fruttu?
   Custu dolu no est giustu
   in dolu custas edades.

2) Bos at mortu, pro avventura,
   calchi fizu in pizzinia?
   Ch'est sa prus forti agonia
   de una umana creatura;
   pro chi est cussa tristura?
   Pro chie tantu lastimades?

3) Declarendi cun rejoni
   sa pena senza at connotu,
   chi dev'essere su mortu
   alcuna grande persona,
   de nobile cundizione
   e de menzus calidades.

4) Pro chi est tantu dolorosa?
   Pro chi est tantu affligida?
   Pro chi est tantu sentida?
   Proite tantu fastizosa
   dev'essere preziosa

"

sa prenda chi sospirades?

5) Azis su coru attristadu
   pro calchi bonu maridu,
   o calchi fizu nodidu
   est sa prenda chi est mancada?
   Nade comente est costadu
   su mortu chi lastimades?

6) Alzade, Signora mia,
   unu pagu cussu mantu
   e naradesi, attretantu,
   pro chi est cussa agonia
   chi totu sa cumpangia
   de penas alleviades?

7) Umilmente bos pedimos
   chi sa cara nos mostrezis,
   ca no ischimos chi sezis;
   si sa cara bos bidimos
   in su dolu conoschimos
   sa nosta penalidade.

8) A casu, Signora mia,
   sezis cudda lastimada,
   afflitta, disconsolada,
   sa chi si narat Maria,
   comenti mari 'e agonia
   e de contrariedades?

9) Unu Fizu Celestiale
   a' mortu a issa temene,
   a totus faghia bene,

a nemos faghia male;
cun cussu dolu mortale
su coru nos trapassades.

10) Signora, posta in fastizu
naremus cun triste 'oghe,
de su mortu chi est inoghe
bos tocca de parentizu;
si a casu est bostru fizu
su mortu chi abbrassades?

NADE SIGNORA PRO CHIE
SU MANTU NIEDDU I PORTADES? BIS)

S. Antioco (Patrono di Ulassai)
Chiesa parrocchiale S. Antioco Martire. Ulassai

PRO FIZU MEU DEFUNTU

Isculta, populu amadu,
eo so posta in corrutu:
PRO FIZU MEU DEFUNTU
GIUTTU SU MANTU ATTRISTADU. BIS)

1) Populu meu eligidu,
   populu meu istimau,
   proite mi as crucifissau
   su Fizu meu nodidu?
   Proite mi l'as isciupidu?
   Proite mi l'as azzotadu?

2) Mi preguntas po su mantu
   proite lu portu attristadu;
   tue mi l'as causadu
   custu dolu e custu piantu.
   Respundi, populu ingratu,
   sa morti l'as trapassadu?

3) Ite mali t'apu fattu,
   ite aggravios as connotu
   pro l'acabbare in totu
   finas a lu 'ider disfattu?
   Rispundi, populu ingratu,
   proite mi l'as incravadu?

4) Ispetta, populu meu,
   non sias tantu ostinadu:
   proite su coru as lansadu
   a Gesus, fizu de Deus?
   Proite mi l'as fattu feu

e de spinas coronadu?

5) Proite poveru est naschidu,
   proite cun bestias corcadu,
   proite de Erodes burladu,
   de tirannus persighidu,
   finzas chi l'as distruidu,
   finzas chi l'as incravadu!

6) E pro trintatres annos,
   cun fadigas e dolores,
   cun trabaglios e sudores,
   cun lamentos e affannos,
   pro favores meda mannos
   custa paga l'as torradu.

7) De grandesa e magestade
   m'est afaltada sa corona
   sende nobile padrona
   como posta in solidade;
   pro amore e caridade
   su coro m'as trapassadu.

8) Non siedas pius tirannos
   cun su Deus de s'altura,
   pro li dare sepoltura
   benides, sos cristianos,
   ca sos coros inumanos
   gasi l'ana abbandonadu.

9) Devotos mios, benides,
   cun su coro umiliadu,
   de d'ognia culpa e peccadu

de coro bos ripentides
suspirende e pianghende
de custu mali operadu.

PRO FIZU MEU DEFUNTU
GIUTTO SU MANTU ATTRISTADU. BIS)

S. Barbara
Chiesa parrocchiale S. Antioco Martire. Ulassai

SANTA CADELINA

1) Santa Cadelina, Vergini imbiada,
    sa sposa 'e Deus sias istada,
    sa sposa 'e Deus e Onnipotenti,
    in celu e in terra paristi lugenti,
    in celu e in terra lugenti paristis(i)
    e de cuddus tregi lunis aunistis(i),
    essendu in caligi, in celu e in persona.
    Santa Cadelina, Vergini imbiada,
    faeinosi accetta cust'orassioni.

2) Toccad'ant'a Santu Perdu,
    s'orassioni 'e sa grassia
    cust'orassioni accansada,
    cristianu, 'e sa glorìa,
    de mali nos libereus
    s'orrosariu de Maria.

3) Sa devota cunfraria
    de su divin'orrosariu,
    accodei a su Calvariu,
    accumpangiai a Maria,
    ch'e' beniu su Messia
    cun d'unu grandu favori.

NON MI LAMEIS PRUS MARIA
FETI MAMMA DE DOLORI. (BIS)

4) Deus ti salvet, Maria,
    chi ses de frori de ligliu,
    ca sa mamma cun su figliu
    tenit sa grassia in manu,

po unu solu peccau
chi at fattu Adamu in s'ortu,
po cussu Cristu s'est mortu
e in sa Rugi incravau.

5) In git'istas, cristianu,
e non domandas perdonu?
Domandasiddu de coru
a s'amabili Gesusu,
de no d'offendiri prusu
in totu sa vida mia.

SALUDEUS A GESUSU
A GIUSEPPI E A MARIA. (BIS)

DEUS TI SALVE' REINA

1) Deus ti salve', Reina,
   chi ses Mamma piedosa,
   PURA E FRAGRANTI ROSA
   'E PARADISU. (BIS)

2) Ses allirga in s'errisu,
   po d'ognia sconsolada,
   PO D'OGNIA TRIBULIADA,
   SES SU RESPIRU. (BIS)

3) A tui prangiu e suspiru
   in custa valle oscura,
   MARIA, TOTU DULCIURA
   E TOTU AMORE. (BIS)

4) Mamma de su Signori,
   cun mirada piedosa,
   MATERNA E AMOROSA
   CASTIANOSì. (BIS)

5) Maria difendisì
   de mali mari e cielu
   E A FILLU, IN SU CIELU,
   FAINOSì BIRI. (BIS)

6) Chi possaus fuggiri
   de d'ognia occasioni,
   DE FORTI TENTASSIONI
   DE PECCAU. (BIS)

7) Po podiri accabari

in d'una santa morte
E IN SA FELICI CORTE
A S'ARRICIRI. (BIS)

8) Inie, totus unius,
   canteus eternamenti.
   DURCI, PURA E CLEMENTI
   I SES, MARIA. (BIS)

9 Laudada sempri siada
   s'Immaculada Virgini Maria;
   sempri sia' laudada
   SA VIRGINI MARIA
   IMMACULADA. (BIS)

10) Virgini Immaculada,
    de maccia limpia e pura,
    PRENA DE AMARGURAS,
    TI SALUDAUS. (BIS)

11) A tui sola pregaus,
    Regina angustiada,
    DE PENAS INGIRIADA
    E DE DOLORIS. (BIS)

12) E nosu peccadores,
    totus umiliaus,
    A TUI SOLA PREGAUS,
    MAMMA AFFLIGIDA. (BIS)

13) Consolanosì in vida,
    po cumpriri sa lei
    DE SU DIVINU REI

ONNIPOTENTI. (BIS)

14) Giai chi ses clementi
    liberanosì 'e penas,
    DE IS DURAS CADENAS
    DE S'INFERRU. (BIS)

15) Pusti custu dinserru
    de su mundu ingannosu,
    DONAINOSì SU GOSU
    IN PARADISU. (BIS)

16) Sempri sia laudada
    sa Virgini Maria Immaculada
    laudada sempri siada
    S'IMMACULADA VIRGINI MARIA. (BIS)

Antica campana
Chiesa parrocchiale S. Antioco Martire. Ulassai

DISPEDìA DE GESUSU A MARIA

Gesus:
   Giai chi restas ordinada
   cun divina providenzia.
   O MAMMA DAMMI LICENZIA
   CA BAND'A MORRIR'INCRAVAU.

Maria:
   Giai chi non possu iscusai,
   fizu, su chi mi domandas.
   DEU BENZU, CHI TUI BANDAS,
   A MORRIR'EMUS IMPARE.

Gesus:
1) Mamma sa prus affligida,
   arribau est su tempus meu,
   a manus de su giudeu
   depu rendiri sa vida,
   ordinanza istituida
   po cuddu primu peccau.

O MAMMA DAMMI...

Maria:
2) Fizu meu preziosu,
   crudel'est custu decretu,
   po chi restas in affettu
   subra sa Rugi incravau.
   Fizu, cantu t'est costau
   de Adamu su mandigare.

DEU BENZU CHI...

Gesus:
3) Adamu pecca mandighende
    e deu lu pagu penende,
    Adamu pecca divertende,
    e deu lu pagu morende,
    Adamu su fruttu gosende,
    e deu in sa Rugi incravau.

O MAMMA DAMMI...

Maria:
4) Preparau m'anti pastori,
    in cussa edade fiorida
    e non intregheis sa vida
    a su giudeu furori
    pero creo chi s'amori,
    non ti lessi riposai.

DEU BENZU CHI...

Gesus:
5) Tenendi Adamu su sabori
    de cuddu fruttu fidau,
    po mei est apparicciau
    pena, amargura e dolori
    ca de s'omini s'amori
    su coru mi nd'as furau.

O MAMMA DAMMI...

Maria:

6) Cali coru non de' sufriri,
   biendu a tui in turmentu?
   Chi deu tenia su 'untentu
   biendu a tui patiri?
   Finzas sa pena sentire
   de bene casu singulare.

DEU BENZU CHI...

Gesus:
7) Non tenidi appellasioni
   custa terribili sentenzia,
   fagher depu s'obbediensia
   senza alcuna defensione,
   po dare Redensione
   a su mundu cattivau.

O MAMMA DAMMI...

Maria:
8) Fizu sa benedizione,
   chi domandas tue a mie,
   da domando deo a tie
   cun vera sommissioni,
   po sa tua passioni
   non ti possu consolai.

DEU BENZU CHI...

Gesus:
9) Benedittu sia su cantu
   po cuddu eternu Rei,
   benedittu sia de mei

e de su Spiridu Santu;
de cuddu celesti mantu
benga consolu sobbrau.

O MAMMA DAMMI...

Maria:
10) Benedittu, fizu amadu,
    senza babbu chi t'imbia,
    benedittu puru sia
    su latti chi t'apu dau
    e su sambini ch'ap'aministrau
    po ti podiri ingenerai.

DEU BENZU CHI...

Gesus:
11) Addiu, Mamma attristada,
    addiu, Mamma affligida,
    de doloris assistida,
    de trumentus ingiriada,
    po impari destinada
    de su meu apostolau.

O MAMMA DAMMI LICENZIA
CA 'ANDU A MORRIR'INCRAVAU

ITA FILLU BELLU CHI TENI' MARIA

1) Ita fillu bellu chi teni Maria,
   ca Maria teni su meglius tesoru:
   caru che diamanti, de argentu e de oru
   cun cosa uguali fatta in perfezia.

ITA FILLU BELLU CHI TENI' MARIA

2) Cun cosa uguali imperfezionada
   su 25 'e marzu est chi s'esti incarnada
   e po ndi pesai dognia imbarassu
   incarnada sesti su 25 'e marzu
   po sensai gherra e i sa perfia.

3) Po sensai sa perfia e i sa gherra,
   Deus de su cielu est beniu a sa terra
   po conquistai cust'anima perdia.

4) Po conquistai e fairi cumbidus(u)
   Deus in sa porta 'e Bellei est nascidu
   e gioia ch'adessiri a chi non d'ada a crei.
   Deus est nascidu in sa porta 'e Bellei
   e in d'una stadda pittia pittia.

5) E in d'una stadda, in mesu s'animalis(i),
   non due'ndad'andau de cuddus prinsipalis(i).
   Su pastori est primu chi d'ada bisitau;
   de cuddus principalis no due'ndad'andau
   feti ch'anti fattu differenti via.

6) E feti ch'anti fattu a via differenti
   cuddus tres(i) urreis ponianta menti

e cun d'una stella crara in cumpangia.

7) E cun d'una stella in cumpangia crara
   su rei Erodas 'anti pregontada
   e de s'innocentis facasindi dodas(a)
   ca ndi pregontada su rei Erodas(a)
   cun coru giacundu e cun traittoria.

8) Cun traittoria e cun coru giacundu,
   a s'Egittu s'ind'anda su ninnu Gesusu
   po non benni' a pari cun Erodas prusu,
   po non benni' a pari a s'ortu Caulia.

9) Po non benni' a pari e po non benni' a pari,
   po no si serbiri e po nos s'amai,
   oras e momentus cantu adi in sa di'
   e po nos amai e serbirinosì
   ca s'at lassau su peccau in perfessia.

10) At lassau in perfessia su peccau,
   a edadi 'e dogi annus est chi d'anti agatau
   anca desputada inter ominis mannus(u),
   agatau d'anti a edadi de dogi annus(u)
   in mesu a is dottoris de Teologia.

11) In mesu a is dottoris facanteddi fama
   e cantu sind'esti appregiada sa mama,
   ca d'anti avvistau a cara de glorìa.

12) Ca d'anti avvistau a cara gloriosa,
   cara 'osta, tunda che foglia 'e orrosa
   ca sa cavagliera 'osta già est brunda,
   che foglia 'e orrosa, cara 'osta tunda,

ch'onad'a pappai a totu sa regia.

13) Ch'onad'a pappai e non donad'a pappai,
    cussa giai est prenda de podiri istimai,
    ca non c'est dinari chi paga sa sienda,
    custa de istimai giai est prenda
    e non c'est dinari chi paga su ducau,
    ca consolada bagadiu e coiau
    e cantu a su mannu e cantu a su pittiu
    ca consola coiau e bagadiu.

    E salvet, Reina, de totus is urreis(i),
    Mamma, capitana de totus is figlius seis(i),
    ca teneis sa prus arta gerarghia.

ITA FILLU BELLU CHI TENI' MARIA

1895. Salvatore Depau. Vescovo d'Ogliastra dal 1893 al 1899
(Ulassai 1831 - Tortolì 1899)

E DE TERRA SOI
A TERRA AP'A TORRAI

1) E de terra soi a terra ap'a torrai,
   e de terra seus, mannus e pitius(u),
   fines is piglionis chi funti in is nius(u),
   fines e i cussus contu anti a dai.

E DE TERRA SOI A TERRA AP'A TORRAI

2) Fines e i cussus anta a fai contu,
   eita ndi tenis de abbrassari totu
   e de su chi tenisi lassendi a chi non d'ai.

3) E de su chi tenis lassendi una parti
   ch'est sa primu cosa chi andada a innanti che
   posta in assentu a innanti 'e succai.

4) Che posta in assentu non che posta in assentu,
   sa cosa chi lassas a su testamentu
   ca non ses segura de t'indi mandai.

5) Ca non ses segura chi meda ndi 'olis(i)
   po candu intendia' sos predicadoris(i)
   e andasa in trattu de t'indi beffai.

6) E andasa in trattu de t'indi fai' beffas(a)
   e de su chi nara' mai non ti pensas(a)
   e fainti festa is peccaus impari.

7) Ca fainti festa e fainti cumbidus(u),
   cuddu Santu Perdu unu libru nd'a' batiu

e i due poni' totu: beni e mali.

8) E i due poni' totu: mali e beni
   in cui due fudi s'angiulu Gabrieli
   in cui due furinti s'angiulus divinus(u)
   sonendu is chitarras e is violinus(u)
   e de cussus sonus su Rei non dai.

9) Ca de cussus sonus non dai su Rei
   cunfessadì beni, cristianu, e crei
   e corca a su lettu e dormi cun paura
   ca non ses segura de t'indi pesai.

10) E de terra soi a terra su sepultu,
    po ga non isciu su tempus chi sucu
    ca su descuidu i m'ada a ingannai.

11) M'ada a ingannai ei su descoidu
    po cussu mi 'olisi beni prevenidu
    comente sordau chi andada a gherrai.

12) Coment'a sordau chi andada a sa gherra
    e mai nascidu inc'essi in custa terra
    e mai nascidu inc'essi in custu mundu
    po ca minci perdu e i minci cunfundu
    e a gita torra su preferiai.

E DE TERRA SOI A TERRA AP'A TORRAI

E MAI IN SA MORTI
NO APU PENSAU

1) E mai in sa morti no apu pensau,
   e mai in sa morti e non mai in sa morti,
   sonnada mi soi unu sabadu a notti
   e totu s'inferru i m'iant amostau.

E MAI IN SA MORTI NO APU PENSAU

2) E totu s'inferru amostau m'aianta
   e, Gesu, Maria, anca due faianta
   cun su sonadori e a ballu parau.

3) Cun su ballu parau e i su sonadori
   e i su penitenti e i su cunfessori
   isciogliendideddi a issu su peccau.

4) Isciogliendideddi su peccau a issu,
   in cui due fudi su giuggi e i su missu,
   fendu verbalis a s'arrenegau.

5) Fandu verbalis e non faendu verbalis,
   in cui due furinti totu is prinzipalis:
   de sambini 'e poburu giai'nd'ainti tirau.

6) De sambini 'e poburu e de poburitu,
   po mori 'e sa superbia in cui due fudi s'erricu
   de pampas de fogu beni ingiriau.

7) De pampas de fogu e non de pampas de fogu,
   e, Gesu, Maria, su biri cussu logu,

ca faidi a prangiri a chi no at peccau.

8) E faidi a prangiri e non faiada a prangiri,
   ca est malu logu i est malu a finiri
   e a cantu portanta su cundennau.

9) E a cantu portanta totu is peccadoris(i):
   urreis e giugis e imperadoris(i),
   po su malu esempiu chi nos anti 'onau.

10) Po su malu esempiu non po su mal'esempiu,
    e, Gesu, Maria, custu giai du sentu,
    po chi due sia deu trallarau.

11) Po chi due sia trallarau 'eu,
    po cantu apa a biviri ap'a pregar'a Deus,
    chi de cussu logu ndi sia scrancau.

12) Indi sia scrancau deu de cussu logu;
    giai t'indi 'ogliu donai de fogu,
    prumu, oru e prata iscagliaus impari.

13) E a cantu portanta is de pagu sorti:
    ca de piticheddu mi enidi sa morti
    e lei de Deus no apu imparau.

14) E lei de Deus e non cumandamentus(u)
    ai due'nd'airi in s'inferru de turmentus(u)
    po ca mai ispera no du adi intrau.

15) Po ca no du adi intrau mai ispera,
    Santu Giuanni bellu i porta' sa candela

e grazia ancora no at domandau.

E MAI IN SA MORTI NO APU PENSAU

1904. Ulassai

E CHI PECCU E MORGIU

1) E chi peccu e morgiu, ita contu apu a dai?
   E chi peccu e morgiu it'apu a dai contu?
   C'apu andai a peis de su sacerdoti,
   andu carrigau po mi scarrigai.

E CHI PECCU E MORGIU ITA CONTU APU A DAI?

2) Po mi scarrigai, andu carrigau,
   candu Gesu Cristu m'adi ammelessau
   e fatt'ia giura de non peccai prusu,
   cand'ammelessau i m'aia Gesusu,
   ch'ap'andai a logu agant'apu a pagai.

3) E ch'app'andai a logu e non ch'app'andai a logu,
   giai nd'apu a bollir donai de fogu,
   prumu, oru e prata iscallaus impari.

4) Prumu, oru e prata e 'ollu buddiu,
   e cand'asi a narri, s'aremigu miu,
   e cand'asi a narri, s'aremigu mudu:
   "E portaiceddu a su forti seguru
   e chirchinti pratu ch'ollu a mandigai".

5) E chirchinti pratus e non chirchinti pratus,
   piberas e arranas segadas a tappus,
   fuccia ca non nd'as a bolliri pappai.

6) E ca non nd'as a bolliri pappai,
   fuccia a tenaglia t'anti aperri sa 'ucca
   e a truppi t'anti a fairi pappai.

7) E a truppi a fairi pappai t'anti,
   su chi non castigada su corpus ainnanti
   e in cuddu mundu già nd'errici de corpusu
   su chi non castigada ainnanti su corpusu,
   in s'inferru d'anti a biri a isciala.

8) In s'inferru d'anti a isciala a biri,
   candu in sa stadea non anti a ponniri
   e i s'aremigu chi poni sa pelea;
   candu nos anti a ponnir in sa stadea,
   de manu e de coa tirat sa romana.

9) De manu de coa aggiudada a tirai
   e Deus torrant a crocificai,
   e mali che peus ca furinti is Giudeus
   a crocificai torraus a Deus,
   e a funi a tira e a cadena a pala.

10) E a cadena a pala e a cadena a tira,
    po chi prus de mei passis mala vida,
    nara, eita portas? Indaremigau!

11) Indaremigau! Nara eita portas?
    Candu Gesu Cristu m'adi apertu is portas
    cun d'una stoccada in su sacru costau.

12) Cun d'una stoccada in su sacru suercu,
    po candu fianta cuddu giuramentu,
    cuddu giuramentu de is atteras bias,
    Nostra Signora cun is tres Marias,
    po candu su figliu ndi fudi affartau.

PO SU CORPUS S'ANIMA MIA AT CUNDENNAU

DEUS AT CREAU
IS COSAS(A) IN D'UN'ORA

DEUS AT CREAU IS COSAS(A) IN D'UN'ORA
FETI SOLAMENTI CUN D'UNA MIRADA
CA SA MAMMA SUA FU NOSTRA SIGNORA,
ARREINA DE SU GELU CORONADA.

1) Arreina de su gelu perfettu,
   de sa primu notti de su nascimentu
   tenit d'ogni cosa in sa menti inserrada.

2) Tenit d'ogni cosa inserrada in sa menti,
   su babbu putativu i fu Santu Giuseppi,
   ca fudi su sposu de Maria Sagrada.

3) Ca fu su sposu de cudda prus bella
   po primu singiali formau adi una stella,
   faccias a Bellei s'est incamminada.

4) Faccias a Bellei, non faccias a Bellei,
   a cantu due fudi su poderosu Rei,
   Deus(u) d'a fattu po sarbai a nosu
   e agantu fia' su Rei poderosu,
   e in d'una stadda de paglia spainada.

Palazzo comunale inaugurato il 1 gennaio 1909.
Progetto di Ernesto Ravot. Lavori dell'impresa Rosati

84

E CUNSIDERA SA MORTI, PECCADORI

1) E cunsidera sa morti, peccadori,
   e cunsidera sa morti e non t'incuris
   e non gargaglis e non murmuris
   est feti sunfreddu cun passioni.

RIT. E CUNSIDERA SA MORTI, PECCADORI

2) Est feti sunfrendu po amori 'e Deus
   ca moi sesi intrau in manus de giudeu
   ca de sendu biu d'ianta incravau
   in manus de giudeu ses intrau
   po cussu si fu fattu Creadori.

3) E po cussu Creadori si fu fattu
   e donnia cosa a manu sua at fattu
   formada sa notti, formadu at sa dì
   e donnia cosa a manu facassì
   e singialideddi in s'ortu unu prantoni.

4) E unu prantoni in s'ortu di singialada
   e custas paraulas Adamu i di nada:
   «Non mi tocchis frori, nin fruttu, nin cambu»
   e custas paraulas i di narad'a Adamu:
   «Mira s'indi toccas fais mannu errori».

5) Mira s'indi toccas fais errori mannu
   bandissindi Eva accantu fudi Adamu
   ca d'iada tentau che mengius personi.

6) Che mengius personi ca dia tentau

e ma candu Adamu a s'arberu s'est mirau
ei s'ada agatau in guturu unu amu
e ma candu s'est mirau a s'arberu Adamu
s'est bittu ispollau de da s'osservassioni.

7) S'est bittu ispollau e ispollau in tottu
   e insaras Adamu inc'intrada a s'ortu
   aici peccau apu, boglias o non boglias,
   in s'ora Adamu si spiccada tres foglias
   po si das imboddiai in sa personi.

8) E in sa personi po si das imboddiai
   candu Gesu' Cristu fudi a du lamai
   tenia bregungia de arrespundiri
   candu Gesu' Cristu fu lamendudeddu
   d'agata cuau in palas de un'ingroni.

9) E in d'unu ingroni d'agatat cuau
   e custas paraulas Deus d'at nau:
   «Immoi campadì a trebagliu e a soli».

10) A trebagliu e a soli immoi campadì
    e beru ch'ap'essi cundennau a morrimì
    e pungianteddu a ferru e a prospori.

11) E pungianteddu a prospori e a ferru
    po is cristianus non 'nciada amugerru
    incravau d'anti a peis e manus
    non 'nciada amugerru po is cristianus
    po essiri bosu Celesti Signori.

E CUNSIDERA SA MORTI, PECCADORI

S'ANGIULU MIU GUARDADORI

S'angiulu miu guardadori
po guardai s'anima mia
mandau seis de su redentori
e de sa santissima trinidadi
po mi fairi cumpangia
liberanosì de sa tentassioni
e de s'aremigu infernali
custas animas dolentis
nosi tengianta presentis
a is portas de paradisu.
Santu Pissenti Ferreli
Santu Gonzaga Luisu
e Santu Effisi guerrieri
nosi tengianta a su fiancu
nosu de custa orassioni
no ndi faccaus de mancu
ca Giuda, Santu Simeoni
Santu Giacu e Santu Luca
prima de custa preghiera
atru non si essada de 'ucca
Santa Orrosa e Santa Sera
Maddalena, Marta e Maria
finas a s'ora de sa morti
nosi faccada cumpangia
Gesu ita bella sorti
a is angiulu de sa gloria
po scherciai sa tentassioni
ch'eusu a binciri sa vittoria
Santa Barbara, Santu Geroni
Santu Franciscu e Santu Orroccu
ca sa Rugi mi cumenciu

e in su lettu miu mi corcu
candu sola sola pensu
sempri a sa sepoltura
chena atturu peccau
mi cunfessu cun premura
Gesu, Santu Liberau,
Gesu, Santu Serafinu,
a is angiulus de su lettu
unu po parti de coscinu
'os'abbrassu cun affettu
sa celesti cumpangia
o si saludo tottu impari
Gesu, Giuseppi e Maria.
A is poburus navigantis
sarbai is benefatoris
e de terra is viaggiantis.
Deus miu intercessori
i du tengiausu in sa custodia
e nos'incontreus impari
e poi a sa Santa Gloria
e de is malvagius piedadi
e ancora is credentis
serbai su generi umanu
e de mortis errepentis.
Gesu, Santu Gaetanu.
Santu Franciscu e Santu Giuachinu
i du tengiaus in dogna logu
Maria De Bonu Camminu
e Santu Antoni de su fogu
i du tengiaus a difensori
cun s'agiudu de Damianu
e Santu Cosimu Dottori
e de veru cristianu

custa preghiera resa
inserr'a Santu Agostinu
candu mi corco e mindi pesu
Santu Giuanni continu
Luca, Marcu e Matteu
custa vera beridadi
chi non sia prus reu
de tottus is Santus
chi'inciadi e deu su meschinu
i mi pigu su riposu.
Santu Giuanni continu
chi non morgia bisongiosu
de sa santa eucarestia
o si saludu tottu impari
Gesu, Giuseppe e Maria
a bosu sempri prego
tottu paris 'os'intregu
su coro e s'anima mia,
Gesu, Giuseppi e Maria.

1895. Sac. Luigi Mulas (terzo seduto da sx)
(Loceri 1850 - Cagliari 1923)

NOSTRA SIGNORA 'E BONA GHIA

1) E Nostra Signora 'e bona ghia
   e Nostra Signora nos possa ghiai
   cun issa mi cunfidu e m'apu a cunfidai
   po finas a s'ora de sa morti mia.

NOSTRA SIGNORA 'E BONA GHIA

2) Po finas a s'ora de su fini mundu
   miserinu e tristu su chi ad'andai a fundu
   e a su caddargiu de sa pigi 'uddia.

3) E a su caddargiu de su fogu ardenti
   e tantu apu a nai, Deus Onnipotenti,
   si apu peccau misericordia.

4) Misericordia si apu peccau
   po cuddu segretu chi m'aianta nau
   e ca non crei de 'os'offendiri
   e donanosì sa gloria a da biri
   e chi da goseus cun meda allirghia.

5) E chi da goseus cun meda prageri
   ca s'ambasciadori de Santu Danieli
   ch'est su chi at portau sa nova a Maria.

6) Su chi at portau sa prima ambasciada
   ca su Spiridu Santu d'ad'annunziada
   ca dia portau a su regnu divinu
   cun is patriarcas e is serafinus
   e funti gosendu festa e allirghia.

E NOSTRA SIGNORA 'E BONA GHIA

SETTE ISPADAS DE DOLORE

Pro fizu meu ispiradu
a manos de su rigore:
SETTE ISPADAS DE DOLORE
SU CORU M'ANT TRAPASSADU.

1) Truncadu porto su coru,
   su pettus porto frecciadu,
   depustis chi m'ant liadu
   su riccu meu tesoru;
   cun tanta pena ignoru
   comente mi l'ant faldadu.

2) O vida mia, accabbada
   in sa menzus pizzinnia!
   Oh cun tegus 'eo cheria
   morriri crucifissada!
   Si no a mie sa lansada
   m'aperzesit su costadu.

3) Giudeos, pro amore 'e Deu',
   in custa fatale die,
   incravade puru a mie
   a lados de fizu meu;
   su corpus mirat, s'ebreu,
   s'anima no as'incravadu.

4) Sette crudelis feridas,
   setti freccias penetrantes,
   daiant mortes bastantes
   a innumerabiles vidas;
   miradelas totu unidas

in custu coro ligadu.

5) Cumplidu azis su disizu
   de lu 'ider gia defuntu?
   Proite totus in d'unu puntu
   non bochides mama e fizu?
   Pro mi dare pius fastizu
   bia già m'eis lassadu.

6) Già ch'est mortu fizu meu,
   accabbade como a mie,
   e morza in d'una die
   cun cuddu fizu de Deu'.
   Crudeli e duru giudeu,
   oh cantu ses ostinadu!

7) Morti, non mi lesses bia,
   morti, non tardes piusu,
   ca, sende mortu Gesusu,
   non podi' vivere Maria;
   unu fizu chi tenia
   sa vida li ant leadu.

8) O Babbu eternu, abbassade
   de sas istanzias divinas
   e tirade sas cortinas
   de sa 'Ostra Magestade!
   Si est cussu: cuntemplade
   Fizu 'Ostru preziadu.

9) Benide, anghelos, benide
   cun sos calighes in manu
   de su samben soberanu

sos torrentes accoglide!
Suspirade e pianghide
custu Gesus lastimadu.

10) Proite est chi tirannia
at usadu su giudeu?
Totu su dolu est su meu,
sa pena est totu sa mia;
totu, totu est pro Maria
su dolori cunservadu.

11) Non at parte su rigore
po nisciuna creatura,
totu est mia s'amargura, t
otu est meu su dolore,
ca su mortu Redentore
est fizu meu istimadu.

12) A mie toccat su dolu
proite su dolu est su meu;
a mie toccat su teu,
su piantu e disconsolu,
ca su coru meu solu
custa morte at penetradu.

13) Nisciunu pianghet su fizu
si non s'affligida mama,
ispettende custa fama
de su celesti consizu,
piango sola cun fastizu
custu turmentu serbadu.

SETTE ISPADAS DE DOLORE

SU CORU M'ANT TRAPASSADU.

NON MI GIAMEDAS MARIA

Sendu mortu cun rigores
su fizu de s'anima mia,
NON MI GIAMEDAS MARIA
SI NON MAMA DE DOLORES

1) Giamademi s'affigida,
   giamademi s'attristada,
   de dolores carrigada
   e de penas consumida,
   ca perdo sa menzus vida
   pro culpa 'e sos peccadores.

2) Fizu meu persighidu,
   fizu meu flagelladu,
   fizu meu abbofetadu,
   fizu meu iscupidu,
   fizu mortu e consumidu
   pro sos mundanos errores.

3) Fizu meu istimadu,
   fizu de s'anima mia,
   fizu de manna allerghia,
   fizu in su coro portadu,
   cale morte at annuadu
   cuddos tuos risplendores?

4) O chelos ammarmurados
   comente non bos movides
   si su Signore bidides
   cun manos e pes incravados?

Sos giudeos impignados

5) O Providenzia sagrada!
   O Onnipotente Deu(s),
   liberade a fizu meu
   e morza 'eo incravada!
   O prenda mia istimada,
   bendida a preziu minore!

6) O giudaicu consizu
   de sa fengativa fama,
   crucifissade sa Mama
   e perdonade su fizu:
   caru de biancu lizu
   castigadu cun rigore!

7) Cale manu ad'ispozzadu
   custu celesti giardinu?
   De custu fizu divinu
   sa ricca pompa at turbadu?
   Dae manos mi at leadu
   su menzus de sos fiores.

8) Non mi giamedas Maria,
   né de grassia piena,
   si non de dolore e pena,
   de turmentos e agonia,
   ca bivo sa vida mia
   intregada a traitores.

9) Non naredas chi beneita
   intro 'e sas feminas seo,
   pro chi so, a su chi creo,

sa pius dolente e afflitta!
A chie apo dadu titta
bio in mortales orrores.

10) Suspende, Giudas armadu,
non tengas presse, ne fenga,
pro chi cussa no est prenda
de dare a su fuliadu;
ripara chi as cuntrattadu
cun malos comporadores.

11) S'intregas cussu tesoro
dimanda prezios de fama
e cuntratta cun sa mama
chi t'ad'a dare su coro,
pro chi sa prata e i s'oro
non funti bastantes valores.

12) Fizu meu adorau
bendidu pro viles prezios
tratadu cun viles prezios
dae su prus vile sordau
sias sempre laudau
cun celestiales onores.

NON MI GIAMEDAS MARIA
SI NON MAMA DE DOLORES

1880. Can. Antioco Liberato Loddo
(Ulassai 1829 - Cagliari 1891)

DEUS TI SALVE', REINA

Deus ti salve', Reina,
chi ses mama de clemenzia,
dulzura d'ogni dolenzia,
speranza nostra e vida.
Is fillus de Eva affligida,
in custa terra disterrada,
a bois sola allamada,
ca ses sa mama de Deus;
suspiraus e prangeus
in custa forada de prantu.
E tui finas a cantu
ti dimostras piedosa,
sesi una mama amorosa
potent'avvocada nostra;
is ogus chi nos ammostas
totu prenus de amore.
O Gesù, nostru Segnore,
passada in custu disterru,
fainosì eternamenti,
Mamma chi ses presenti
totu amabili e pia.
Dulci virgini Maria,
de coru ti saludaus.

1930 ca. Vecchia parrocchiale demolita nel 1948

GESU', MARIA, GIUSEPPU

1) E nareus: Gesù, Maria, Giuseppu,
   e nareus: Gesù, Giuseppu e Maria,
   a bois incumandu cust'anima mia
   ca mi d'eis dada e a bois da depu.

E NAREUS GESU', MARIA, GIUSEPPU

2) Ca mi d'eis dada e da depu a bosu
   nera de Maria, Giuseppu, su sposu
   fatt'anti unu fillu de su sacramentu.

3) Fatt'anti unu fillu, unu fillu anti fattu,
   su Babbu, su Fillu e su Spiritu Santu
   ca funti in su celu a giuggi de consillu,
   su Spiridu Santu, su Babbu e su Fillu
   cun is noi corus chi funti in s'aposentu.

4) Cun is noi corus, po d'accumpangiai,
   ca Deus est nasciu sa notti de Natali
   a ispera 'e steddus e lugori froriu;
   sa notti 'e Natali Deus fu nasciu
   e nasciu cun d'unu solu pensamentu.

5) Cund'unu pensamentu Deus est nasciu,
   tres luttus de sanguini d'anti cruncuiu
   e in cust'orassioni di pongiu tres muttus;
   cruncuiu d'anti de sanguini tres luttus
   e fattu anti a Deus po guvernamentu.

6) E fatt'anti a Deus po si guvernai:
   a is setti disi est bessiu a ciccai,

in Getsemani Deus anti tentu.

7) E tentu inci anti a Deus in Getsemania:
   Giuda at portau sa traitoria
   de cantu di fudi apostulu istimau;
   sa traitoria Giuda at portau
   po trinta 'inaris du piganta a tentu.

8) Po trinta 'inaris ch'ia godangiau
   a domu de Erodas d'ianta portau
   e accappiau a funis e a sogas;
   a domu de Pilatu e a domu de Erodas
   cun d'unu guantu de ferru d'anti fertu.

9) E fertu d'ianta de ferru unu guantu
   e bogau d'anti unu pareri farsu
   ca fut maiargiu e fudi impostori
   e bogau d'anti farsu unu paperi
   e chensa beridadi e chensa fundamenta.

10) Chensa fundamenta e chensa beridadi
    e po Santu Perdu una scusa inci adi,
    ca no connoscianta cuddu Deus nostu
    e po Santu Perdu un'iscusa anti postu
    de sa timoria chi medas anti tentu.

11) De sa timoria de cudda genti mala
    postu d'ianta cudda rugi a pala
    ai cuddu Rei chi no si 'onat lugi;
    postu d'ianta a pala cudda rugi
    sensa di 'onai un'ora 'e pensamentu.

12) Sensa di 'onai de pensamentu un'ora,

in fattu de Giudeu andat Nostra Signora
ca in mesu sa 'ia due fudi su prantu
e Nostra Signora di andada infattu
po finas a s'ora de s'incravamentu.

13) Po finas a s'ora chi d'anti incravau,
    s'angiulu cun Deus a celu est arciau
    e funti gosendu gloria e cuntentu.

14) E nareus: Gesù, Giuseppu e Maria,
    a bois incumandu cust'anima mia
    ca mi d'eis dada e a bois da depu

E NAREUS GESU, MARIA E GIUSEPPU

1950 ca. Chiesa di S. Barbara. Piazzale interno con a sx le antiche loggette demolite nel 1960

A SANTU 'ARSOLU
NOS FACAS FAVORI

Po trinta 'inaris chi at guadangiau
E CRISTU PO NOSU SA MORTE AT PIGAU

1) Po trinta 'inaris e po 'inaris trinta
   in terra at lassau custa rugi iscritta
   e po su singiali de su cristianu

2) E po su singiali de sa Santa Rugi
   e a chi d'at puntu torrideddi sa lugi
   e i sa cadira de su regnu sergau

3) E i sa cadira de su regnu divinu
   nostru Signori candu fu benidu
   addollita porta anca 'ia nai.

4) Ch'anca 'ia nai addollita porta
   e pesintisinci a di dai 'orta
   e biantasì a Deus felonau.

5) E biantasì a Deus in feloni
   e dongianteddi maladissionis
   maladissionis e morti e giubileu
   chi portadis penas chi at patiu Deus
   chi patidi is penas chi Deus arreidi
   e po candu pesada s'ostia su predi
   ca du at dus agiulus e unu pe' costau.

6) Ca du at dus angiulus e unu a su derettu
   laudau siada cuddu Sacramentu

in celu e in terra sia laudau

7) Laudau siada in celu e in terra
   a se duas portas at formau sa gherra
   e a sa 'e tres dies s'est'assoggettau.

8) E a sa 'e tresi s'atturu suggettu
   po candu fianta cuddu giuramentu
   cuddu giuramentu de is atteras bias
   e a Nostra Sennora cun is tres Marias
   po candu su fillu di fudi affartau.

9) Po candu su fillu di fudi affartau
   po sa beridadi est ca d'adi agatau
   basciu de sa Genarba Sant'a mengianu.

10) Basciu de Genarba Santa a mesudì
    e pungianteddu e assuggettisì
    e incravinteddi agus in sa manu.

11) E incravinteddi a manus e a peis
    e i cudda morti a nemus i d'ongeis
    ch'eis a orruir'in calencunu peccau.

12) E limpiu e puru e francu 'e bruttura
    e po cumpangia at formau sa luna
    e de istellas s'esti ingiriau.

E CRISTU PO NOSU SA MORTI AT PIGAU

SA CANSONI DE SA MORTI

E MORTI, CAND'ASI A BENNI PO MI 'OCCIRI,
MI 'OLLU UNU MESI INNANTI ANTICIPAU
PO MI CUNFESSAI E PO M'ARREPENTIRI
E A RESTITUIRI S'IN CASU APU PECCAU

1) A restituiri s'in casu e cosa depu,
   lassamì prevenni, morti, candu asi a benni,
   a mesudì 'eretta ind'una dì 'e festa,
   ca sa genti est lestra abisitamì.
   Lompi e seidì in tosca, pungimì
   ca tui no as curpa, morti mia assoluta,
   liberamì de curpa chi non sia curpau.

2) Chi non sia curpau e chi curpau non sia,
   a tui m'incumandu, non mi portis ingannu, morti mia,
   po chi non mi portis ingannu, morti serta,
   giai ca ses cuntenta, arribamì deretta,
   cun alientu forti e antedì e notti
   su puntu est erribau.

3) E antedì 'e notti erribau est su puntu
   prenu de avvertimentu e morti
   ca ti aspettu e cun gana e cun gustu
   e dettadì de lettu e faeddu su giustu
   segundu pretocau.

4) E faeddu su giustu, asuba pani stentu,
   bastanti ca da depu, o sia dì o notti,
   Gesù, ite mala sorti, cand'apu a benner'in contu
   ca non sind'at campau unu.

5) Ca non sind'at campau per una creatura,
   bella eita vida chi tenit sa morti,
   oi sanu e forti e crasi in sepoltura
   e de dì de amargura i sindi agatad una,
   manna cantu sa gherra,
   bella eita vida chi tenit sa morti,
   oi sanu e forti e crasi est postu in terra.
   Nisciunu i s'inserrada
   e i si cuerra da mancai sia dottu,
   bella eita vida chi tenit sa morti,
   oi sanu e forti e crasi restat mortu,
   ca Deus at dispostu e a su mundu totu
   custu abusu at lassau.

6) Ca lassau custu abusu ca d'at fattu Deus,
   cun is meritus susu, chensa piedadi,
   a ndi tenis de fidi, ca sensa transiri
   Deus Santus inciadi e anti a perticai
   sa cristianidadi a mannus e pitius.
   A ndi tenis de fidi ca, sensa du sciri,
   i nciad dus Santus bius.
   E funti nascius e funti prevenius de una gherra.
   Prama invoc'a tie, morti, camp'a mie
   de penas de s'inferru,
   cardigas de ferru funti is cadenas.
   Prama invoc'a tie e morti camp'a mie
   de custas malas penas,
   ca funti ferdeperas e dolorosas medas
   po chini due orruidi.
   Prama invoc'a tie e morti camp'a mie
   de andai a incui, Gesù, ita mala nui,
   e candu orrudu i fui, poburu 'irdiciau.

7) E orrudu fui, poberu, meschinu,
   innanti chi transasa e morti mi lassada
   firmu su sentidu ca si morgiu a pizzinnu
   e no ap'essi digniu de pediri perdonu,
   innanti chi transasa e morti
   mi lassada firmu s'arregodu
   ca deu, sendu bonu, malu so istau.

8) Ca deu, sendu bonu, so istau malu
   nara eita penas si non ti cunfessas beni, cristianu,
   Deus ti at formau cun sa sua misura
   nara eita penas si non ti cunfessas beni, creatura,
   ca du est sa Scrittura iscritta de santoni
   nara eita penas si non ti cunfessas.
   Beni, peccadori, e a su cunfessori nareddi
   s'arregioni po essiri perdonau.

1930 ca. Veduta con vecchia chiesa

ARREGODA CA SES TERRA

De su coru tuu disterra
dogna modu de peccai
ARREGODA CA SES TERRA
E A TERRA AS'A TORRAI

1) Totu est terra e tristura
   is benis de custu mundu:
   oi allirgu e giocundu
   e cras in sa sepultura;
   timi e tremi de paura
   candu pensas de pecai.

2) Ti divertis iscialendu,
   e in mesu de s'ispassu
   ti benit sa morti a passu,
   e medas bortas currendi,
   e po aturu bolendi
   chi prus non ti potzu nai.

3) E non bis chi funt ingannus
   chi ti portant a su profundu?
   O ti pensas ca in su mundu
   nci as a bivi cent'annus?
   Mischinus siaus o mannus,
   nosi portant a interrai.

4) De luegu chi nasceus,
   siaus cun bona o mala sorti,
   seus cundennaus a morti.
   Alabadu siat Deus,
   giai chi totus moreus

e nisciunu s'at a iscapai.

5) Babbus, Mamas, Fradis, Sorris,
   becius, tzeracus, pipius,
   po prus chi siaus bius,
   totus teneus de morri;
   o mi pensu chi ndi torri
   dopu chi m'ant a interrai!

6) A su mundu fais gherra
   ma una ndi at a benni,
   chi su corpus at a mantenni
   a is brèminis de sa terra:
   custa beridadi inserra
   po non t'iscaresci mai.

7) Mira chi andas ingannau
   e s'ingannu est meda forti:
   e mira chi de sa morti
   nisciunu s'est iscapau:
   e già chi as a essi' tui interrau
   candu mancu as a pensai.

8) Non ti causat meravilla,
   no est burla, no est giogu,
   in s'inferru nci at logu
   po tui e po atrus milla;
   muda de vida, mala filla,
   si non bolis abbruxai.

9) De is amigus e connotus
   cun chini teniast tratu,
   nara ita si nd'at fatu?

Totus si funti mortus:
no iscìs si funt assoltus
o si sighint a penai.

10) Tui chi bivis in pecau
teni custu po certu,
ca s'inferru est abertu
e su celu est serrau;
su dimoniu apariciau,
prontu po tindi pigai.

11) Cristianu intendiu asi
totu su chi bolint nai?
Trata de ti emendai
e no du lessis a crasi
si aici in pecau istasi
ti podis cundennai.

Ulassai. Antichi stemmi nella volta dell'ex sala consiliare
prima della ristrutturazione

DEUS TI SALVE', MARIA

Deus ti salve', Maria,
chi ses sa mama de Deus,
suspiraus e prangeus
in custa valli de prantu,
e de moi finu a cantu
ca sa morti est piedosa
adiosu, mia amorosa,
chi ses s'avvocada nostra;
is ogus chi nos amostas
tottu prenus de amori.

O Gesù, Nostru Signori,
passeus custu disterru,
liberanosì de s'inferru
po totus eternamenti,
po chi bosu lestramenti,
totu affabili e pia
de coru o si saludaus,
SANTA VERGINI MARIA. (BIS)

Imoi intru in sepoltura
e de terra mi carregiu
e a Deus i m'offergiu,
totu affabili e pia
de coru o si saludaus,
SANTA VERGINI MARIA. (BIS)

Sa devota cunfraria,
de su divinu orrosariu,
accodei a su calvariu,
accumpangiai a Maria

ch'est beniu su Messia
cun d'unu grandi favori.
Non mi lameis prus Maria
feti Mama de dolori.

Sa mamma sempri afflitta,
cussa gi'at donau titta,
cun is venas de su coru,
po cudda prenda 'e oru
chi at brassus fuliaus,
cun paras at cuntrattau
e malus comporadoris.
Non mi lameis prus Maria
feti Mama de doloris.

Cun lambrigas de doloris
cunfessu ch'apo peccau.
Sentu ca os'apu aggraviau,
AMOROSU REDENTORI. (BIS)

Ita coru traitori,
chi su coru miu est 'istau
candu Deus at lassau
po unu giustu ingannadori.
Dona fidi, creatura,
CA EUS PERDIU SU CRIADORI. (BIS)

Ita beni chi apu tentu
de airi offendiu a unu Deu
de totus malis in peus
castigus e sentimentus
o mai as'essi lamada
bella, digna de amori.

Sentu ca os'apu aggraviau,
AMOROSU REDENTORI. (BIS)

Menesciu apu s'inferru
po totu s'eternidadi,
senza tenni libertadi
anta cadenas de ferru
giustu giuggi de piedadi,
non mireis cun rigores.
Sentu ca os'apu aggraviau,
AMOROSU REDENTORI. (BIS)

Propongu de cunfessai
e donai soddisfassioni,
lassai dognia occasioni
ca non bogliu prus peccai;
su spettu no apu a portai
tenendu a bois in favori.
Sentu ca os'apu aggraviau,
AMOROSU REDENTORI. (BIS)

Ita celu, bellu lugenti,
chi Deus at fattu po mei,
perdiu d'apu po unu nienti
andendu contr'a sa lei,
giai po mei i ses serrau,
misericordia, Signori.
Sentu ca os'apu aggraviau,
AMOROSU REDENTORI. (BIS)

Cun lambrigas de dolori
cunfessu c'apu peccau.
Sentu ca os'apu aggraviau,

AMOROSU REDENTORI. (BIS)

Palma de celu bianca
chi ses de s'anima nostra,
Gesù Cristu d'at disposta
po nos podiri sarbai;
intendiu d'apu a predicai
de un'angelu perdeperu
abbasciau de su celu
cun su Signori presenti.
Andeus totu unidamenti
a sa gloria e non lugi
PREZIOSA SANTA RUGI. (BIS)

Grugi Santa beneditta
in su coro da portu scritta
e in brassus abbrassada,
po chi sias coronada
de su sanguini arreali,
camminu prefessiali
camminu fattu a derettu.
Sia sempri laudau
SU SANTISSIMU SACRAMENTU. (BIS)

Deus ti salve', Maria,
chi ses de grassias prena;
de grassias ses sa vena
e sa currente.

Su Deus onnipotente,
cun tegus est istadu;
pro chi siais preservada

immaculada.

Beneita e laudada
subr'a totu gloriosa:
Mama, Fiza e Isposa
DE SU SEGNORE. (BIS)

Beneittu su fiore
e i su frutu de su sinu,
Gesùs, fiore divinu,
Signore nostru.
Pregaideddu a fizu 'ostru
pro totu custos errores
a nois pecadores,
chi nos perdonet,
medas grassias nos donet
in vida e in sa morte;
in sa diciosa sorte
in paradisu.

Deus ti salve', Maria,
chi ses de frori lillu
ca sa mama cun su Fillu
teni sa grassia a manu
po unu solu peccau
chi at fattu Adamu in s'ortu
po custu Cristu est mortu.

Deus ti salve', Maria,
e in sa rugi incravau
in gitt'istas, cristianu,
e non domandas perdonu
domandasiddu de coru

a s'amabili Gesusu
de non d'offendiri prusu
in tottu sa vida mia
saludeus a Gesusu,
e a Giuseppi e a Maria.

A CISTA CUN DEUS
SI PODI' SARBAI

1) A cista cun Deus, non a cista cun Deus
   turmentau d'apu su peccau meu
   e non cumbeniada a du turmentai
   A CISTA CUN DEUS SI PODI' SARBAI.

2) E non cumbeniada e non cumbeniada
   ca su mundu arreidi su figliu de Maria
   e morti at lassau a du arriccattai.

3) E morti at lassau de grandu grandesa
   ca s'anima 'ona fai bella spesa
   e sa spesa sua est a non fairi mali.

4) E sa spesa sua e de Nostra Sennora
   e facantasidda bella sa corona
   e a pusti fatta si dda ponid in sinu

5) Ca s'anima bona at fattu su giardinu
   in dognia foglia du at sanidadi
   e a d'ognunu su chi adi a pregai.

6) In dognia foglia a sanidadi de bonu
   Deus nos accansidi su chi apu in su coro
   e a dogniunu su chi adi a pregai.

7) E a d'ognunu e no a d'ognunu
   Deus de su celu indi soi segura
   e ca prus allirgu mindi 'ollu andai.

8) E ca prus allirgu e non ca prus a vanu

e incravau t'anti a peis e a manu
e a su costau fertu po accabbai.

9) E a su costau po accabbai fertu
nara, fillu miu, calori e dischettu
poita in sa Rugi ti lassas'incravai?

10) E anca mi lassu incravai in sa rugi
e citassì mamma ca d'apu a dai lugi
ca sendu in sa rugi a mie m'anti adorai.

11) Ca sendu in sa rugi i m'adoranta totus
mannus e pitius e bius e mortus
a fillu miu tinc'incumandu in s'ortu
nara eita contus mi ndasi a torrai.

12) Mira eita contus de tali virtudi
ca Adamu ed Eva sind'at pigau una
e po cussu nc'esti su peccau mortali.

13) E po cussu i nc'esti custa mala vida
de su sanguini tuu at formau su binu
e des purpas tuas at formau su pani.

14) E is ossus susu beni cunsumius
po candu is giudeus furinti enius
furinti 'enius po du catturai.

15) Furinti 'enius po fairi cattura
candu Gesù Cristu i fudi in sa colunna
una pena manna si da baiai.

16) Una pena manna, no una pena manna

ca in mesu a sa 'ia est orruda sa mama
non tenia genti de nd'idda pesai.

A CISTA CUN DEUS SI PODI' SARBAI.

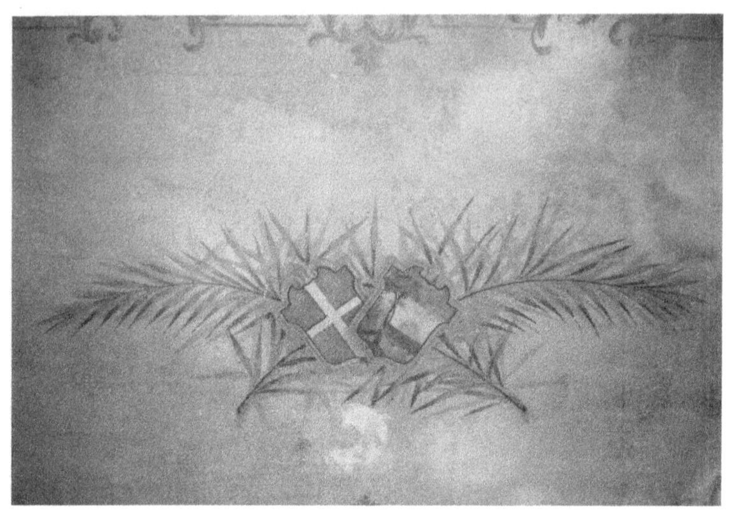

Ulassai. Antico affresco con stemmi nel palazzo comunale

NARA SI S'AMADU MEU

Cun tristu mantu abbasciadu
pregunta Maria a su reu
NARA SI S'AMADU MEU
IN CUSTU LOGU EST PASSADU

1) Veronica, mia amada
   gasi tengas sa gloria
   si est chi tenes in memoria
   a Maria s'attristada
   de sa prenda mia istimada
   dannu celesti recadu.

2) Carrigadu de cadenas
   unu nd'at passadu inoghe
   senza né respiru né boghe
   po sos turmentos e penas
   de sos corpos chi l'an dadu.

3) Veronica, mia amada,
   cussu no est fizu meu
   chi daiad a totu recreu
   cun sa lughe de sa cara
   de bellesa tantu rara,
   de coro beni assentadu.

4) Sas trempas abboffettadas,
   sas massiddas mali fertas,
   sas palas giughede apertas
   e totus insanguinadas
   de cantu funti pistadas

si est su respiru mancadu.

5) Est fizu meu divinu
   su menzus dae sa car'ermosa,
   d'ogni massidda una rosa,
   d'ogni trempa unu germinu
   personaggiu e pellegrinu
   garbu su prus aggiustadu.

6) Circondadu de aguzzinos
   e de tanta genti mala
   cun d'una rughe a pala
   du portanta sos argussinos;
   totu intintos sos caminos
   de sambini nos as lassadu.

7) Sunt rajos de oro lughente
   sos pilos de fizu meu,
   est creadu dae Deu(s)
   illustre sole ispeldente;
   che fizu meu in sa zente
   prus bellu non nd'at naschidu.

8) Tremende est su signale
   de fizu meu amorosu
   proite est sole luminosu
   de sa corte celestiale
   cun custa nova mortale
   sa vida at accabbadu.

9) Deo seo cudda affliggida
   mama sa prus irdiciada,
   deo seo sa tribuliada,

deo seo sa persighida,
o prenda mia nodida
chie t'at maltrattadu?

10) Addiu, Veronica mia,
    ca bando sighende su rastru
    calchi grave disastru
    si du ripetidi Maria.
    Timo chi non perdat sa via
    ue l'ana aer portadu.

NARA SI S'AMADU MEU
IN CUSTU LOGU EST PASSADU

1950 ca. Processione S. Barbara

DADEMI, PRO AMOR'E DEU

Giai chi non cherides dare
sepoltura a fizu meu
DADEMI, PRO AMOR'E DEU,
CALCHI COSA A L'INTERRARE

1) Andaus sindi funti totus
   pusti chi l'anti incravau
   a medas apo chilcau
   e nisciunu m'at connotu,
   finzas s'amigu e devotu
   non mi cheret aggiudare.

2) Non seo como Maria
   si no Mamma de dolores,
   pro cussu sos peccadores
   non mi trattant cortesia
   e passant peri sa via
   senza mancu saludare.

3) O cristiana criatura,
   donami calchi cunfortu
   ca tengiu in domo su mortu
   chena tenner sepoltura;
   cussa giai est pena dura
   chi mi faghet lagrimare!

4) Fizu meu abbandonadu,
   fizu meu persighidu,
   como chi t'ant distruidu,
   como chi t'ant'incravadu
   nisciunu ti at lastimadu

de ti podiri sepultare.

5) Animas devotas mia(s),
   benide totus impare,
   benide pro l'abbasciare
   de sa rughe a su Messia
   e cun nobile allerghia
   Gesù chelzo de pigare.

6) Andende de porta in porta
   totus sas domos chilchende,
   caridade dimandende
   po custa persona morta,
   niciunu mi d'at regorta,
   ne mi cheret iscultare.

7) In custu grande fastizu,
   in custa pena e fama,
   non connoschides a sa mama,
   non connoschides a su fizu,
   cumplidu eis su disizu
   de lu bidere acabbare.

8) Limosina, cristianos,
   dademi in custu cunflittu,
   pro unu chena delittu
   mortu de tirannas manos.
   Coros duros inumanos
   non mi cherent iscultare.

9) O chelos, ite ispetades,
   o montes, ite faghides,
   o feras, proite tardades,

bentos, proite non benides
giai chi umanas voluntades
non mi cherent apiedare?

10) De sa vengativa fama,
o giudaicu consizu,
giai chi as mortu su fizu
acabba como a sa mama,
affliggida e trista dama
nemos da cheret confortare.

11) O fizu meu, passiensia,
ca non ti dant sepoltura,
non b'at como creatura
chi non tengat riverensia,
fatu apo s'isperiensia,
fatu apo su chilcare.

12) Lis ponzo in prenda su mantu,
lis ponzo in prenda su coro,
in prenda lis do su tesoro
chi est su Ispiridu Santu;
cun lagrimas e piantu
non mi cherent agiudare

DADEMI PRO AMOR'E DEU
CALCHI COSA A L'INTERRARE.

1960 ca. Ulassai

CALLADEBOS, CREATURAS

O trista, fatale die
oras penosas, duras
CALLADEBOS, CREATURAS,
LASSADE PIANGHERE A MIE.

1) A mie toccat su piantu
   a mie su sentimentu,
   devo pianghere de assentu
   o giughere s'oscuru mantu
   ca so affliggida tantu
   e chie lu devet suffrire? E chie?

2) A mie toccat su dolu
   proite su mortu est su meu
   a mie toccat su leu
   a mie su disconsolu
   fizu de mama su consolu
   e chi t'at mortu? E chie?

3) Giuseppe d'Arimatea
   de sa rughe l'iscravades
   in brazzos mios ti ponzades;
   coro de s'anima mia,
   fizu de mama allirghia
   chi t'at mortu a tie?

4) De sambene t'an carrigadu,
   de piagas t'an circuidu,
   de azotas t'an cunsumidu,
   de spinas t'an coronadu,
   fizu meu crocifissadu,

chie t'at mortu a tie?

5) Cali manu, caru fizu,
   t'at coronadu de ispinas?
   Chie sas treccias divinas
   t'annuintu, biancu lizzu,
   de su coro, meu fizu?
   chie t'at mortu a tie?

6) Inue est cuddu cuntentu
   chi unu tempus passau aia?
   Inue est cudd'allirghia
   de su tuo naschimentu?
   Fizu de mama cuntentu
   chie t'at mortu a tie?

7) E de cavaglieri e dama
   custu nobile presente
   o est de calchi parente
   chi l'imbiat sa mama,
   o fizu meu de fama,
   chie t'at mortu a tie?

8) Ite males as procuradu,
   fizu, a sos peccadores?
   Pro tantos mannos favores
   custa paga i t'an dadu.
   Respundi, coro adadu,
   chie t'at mortu a tie?

9) Divina rosa incoronada
   chie su coru t'at fertu
   in cussu costau apertu

cun sa crudeli lansada?
Chie t'at mortu a tie?

10) Cumplidi a su disizu
de ti bier interrare
mi an chelfidu lassare,
vivere po pius fastizu,
o isfiguradu fizu,
chie t'at mortu a tie?

11) Nade, nade, o peccadores,
ite male bos at fattu?
Rispundi, populu ingratu,
ite sunt custos favores?
Fizu mortu cun rigores
chie t'at mortu a tie?

12) O anghelos de s'altura,
o Giuanni e Maddalena,
accumpagnades cun pena
su mortu a sa sepoltura.
Fizu de mama 'e tristura
chie t'at mortu a tie?

13) Cun chie mi lassas, fizu,
cun chie, babbu amorosu,
cun chie, divinu isposu,
in tantu forte fastizu
chie t'at mortu a tie?

14) Giai ch'est mortu fizu meu
accabbades como a mie,
morza totu in d'una die

cun cuddu fiz'e Deu(s).
Fizu chi t'at fattu feu
chie t'at mortu a tie?

15) Morte, non mi lesses bia,
morte, non mi tardes piusu
ca sende mortu Gesusu
non podet viver Maria.
Coro de s'anima mia
chie t'at mortu a tie?

16) Frades e sorres benide
cun su coro umiliadu
de d'ognia culpa e peccadu
de coro bos repentide,
s'ammenda proponide
dae como ogni die.
O Gesus, fizu meu
chie t'at mortu a tie?

CALLADEBOS CREATURAS
LASSADE PIANGHERE A MIE.

LAUDAU SEMPRE SIADA

Laudau sempre siada
su nomini 'e Gesusu,
Giuseppe e de Maria,
su nomini 'e Gesusu,
Giuseppe e de Maria.

Laudeus prusu e prusu
su nomini 'e Maria,
Giuseppe e de Gesusu,
su nomini 'e Maria,
Giuseppe e de Gesusu,

BABBU NOSTRU

Babbu nostru chi seis in is celus,
santificau siada su nomini tu,
bengada a nosu su regnu tu,
fata sia' sa voluntadi tua,
comente in su celu aici in sa terra.
Su pani nostu 'e 'ognia di'
donanosiddu e perdoninosì
is pecaus nostrus
comenti nos atrus a perdonai
is depidoris nostrus,
no ndi lessidi orruiri in tentassioni
ma liberanosì de su mali.
Aici siada.

AVE MARIA

Deus ti salvi' Maria,
prena de grazia,
su Signori est cun te',
beneditta ses tui
tra totu is sceminas,
beneittu est su fruttu
'e 's'intagnas tuas, Gesu.
Santa Maria, mama 'e Deus,
pregai po nos atrus peccadoris,
immoi e in s'ora
de sa nostra morti.
Am'in Gesu.

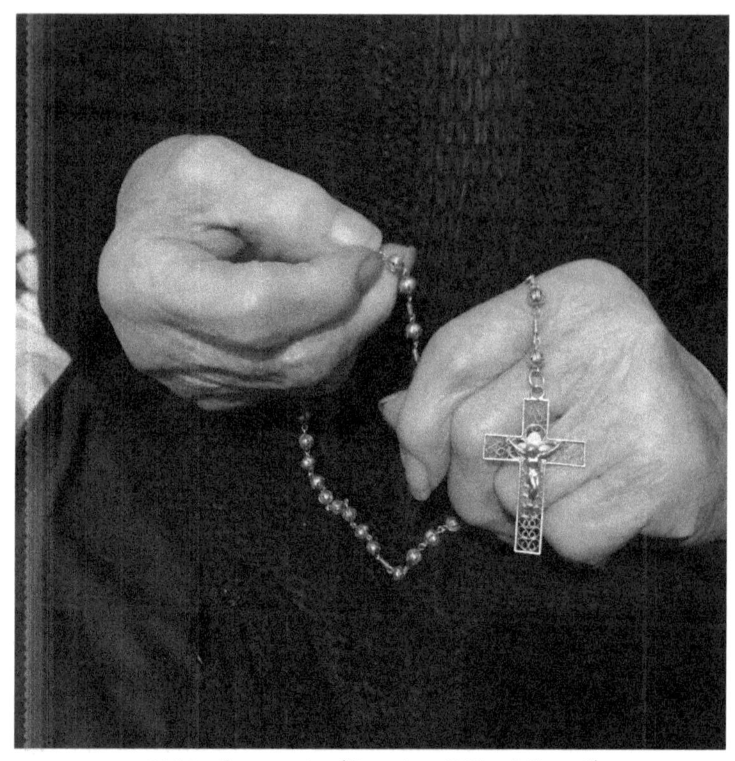

2016. Orrosariu (Peppina Pilia "Crua")

Ringraziamenti

Non posso, ovviamente, terminare questa mia piccola fatica senza ringraziare coloro che hanno permesso che tutto ciò accadesse. In particolare il mio più cordiale e riconoscente ringraziamento è rivolto a tutte le donne di Ulassai a cui va il merito, straordinario, di aver tenuta accesa, nei secoli, la flebile fiamma della tradizione. Un ringraziamento veramente sentito va, oltre al compagno di viaggio Mario Usai, poi, a tutti i gruppi di preghiera che, in quel lontano 2003, quando realizzammo le riprese sulle quali abbiamo basato la ricostruzione e la trascrizione dei testi delle preghiere, ci hanno concesso di profanare, bonariamente, la propria intimità di fede e ci hanno consentito di entrare, in punta di piedi e con profondo rispetto, in un mondo meraviglioso ed unico, nel quale ci hanno accompagnato e sul quale ci hanno istruito con la pazienza, materna ed affettuosa, propria delle nostre donne, dolci e straordinarie come solo loro sanno essere.

La mia più affettuosa gratitudine va pertanto a:

- Cannas Annuccia - Cannas Delia - Cannas Maria - Chessa Maria - Chillotti Piuccia - Coni Aurelia - Gillone Licia - Lai Beata - Pilia Livia - Pisano Maria Pia - Ruzzoni Assunta - Usai Maria - Usai Maria Assunta - Corgiolu Giuseppina.

- Cannas Manuela - Chillotti Giuliana - Corgiolu Giuseppina - Deidda Maria - Laconi Federica - Moi Fabrizio - Moi Genitria - Pilia Annetta - Podda Erminia - Spano Assunta - Usai Paola - Vargiu Laura.

- Angius Federica - Chillotti Cesira - Chillotti Narcisa - Deidda Assunta - Deidda Valentina - Lai Lucia - Lai Maria - Marci Veneranda - Melis Battistina - Orrù Amelia - Podda Maria - Puddu Dina - Puddu Gigina - Usai Antonella.

- Agus Maria - Boi Maria - Cannas Assunta - Cavia Maria - Chillotti Vittoria - Spano Rosa - Usai Nina - Usai Titina.

- Demurtas Rosa - Lai Iolanda - Pilia Maria - Pilia Nina - Podda Maria - Puddu Antonia - Puddu Amalia - Serra Domenica - Vargiu Emilia.

- Cannas Delia - Cannas Maria - Cannas Massimina - Depau Amalia - Lai Amelia - Lai Delia - Piras Elena - Serra Maria.

In Chiesa: - Cannas Laura - Cannas Luisella - Chillotti Dina - Chillotti Maria - Coni Maria Fiora - Del Carmen Elia Maria - Demurtas Laura - Farci Teresa - Lai Amalia - Lai Maria - Loddo Antonia - Loi Silvia - Muggiri Annarella - Muntoni Michele - Muntoni Damiano - Mura Don Virgilio - Murgia Pia - Podda Bice - Podda Erminia - Puddu Lucia - Rossi Maria - Salis Rosanna - Usai Dina.

S. Lucia
Chiesa parrocchiale S. Antioco Martire. Ulassai

Is goccius

Is Goccius, o *Gosos*, come si definiscono in sardo logudorese, sono delle particolari composizioni poetiche religiose, cantate nelle feste popolari, solitamente al termine delle celebrazioni liturgiche (novene e messe), in onore ai Santi particolarmente venerati in buona parte dei paesi sardi.

Sebbene da sempre *is Goccius* abbiano un grande seguito e siano particolarmente apprezzati dai fedeli (credo non esista comune in Sardegna che non abbia i suoi) e siano stati sempre visti con benevolenza dalle autorità religiose al punto da ottenere, per alcuni di essi (*Gosos* di San Costantino di Sedilo) l'approvazione da parte del Vescovo, non sono ritenuti preghiere a tutti gli effetti ma canti extraliturgici, di una liturgia che potremo definire "popolare". Sebbene la collocazione di tali componimenti tra le opere di natura "colta", "semicolta" o "popolare", nelle sue varie declinazioni, sia aperta a numerose interpretazioni e distinguo ed abbia dato vita ad una animata discussione tra i principali esperti del settore, sopratutto sul finire del secolo decimottavo e non abbia, ancora, avuto una definitiva ed unanime definizione e convergenza tra i vari studiosi.

La natura espressamente extraliturgica di tali composizioni è stata ufficialmente sancita dal Concilio Plenario Sardo, tenutosi nel 1924 a S. Giusta, nel corso del quale i vescovi condannarono e proibirono le cantilene religiose diffuse tra il popolo ma senza estendere ai *Gosos* il medesimo anatema. Concessero, infatti, che questi venissero cantati non durante le celebrazioni religiose ma solo al termine di esse concedendo loro, quindi, un sostanziale riconoscimento sebbene di natura non espressamente liturgica.

Antiche sono le origini di queste singolari cantiche, spesso di autore ignoto e spesso composte da preti e religiosi.

I primi esempi di *Goccius* in forma scritta giunti fino a noi (molto simili a composizioni analoghe in castigliano e catalano) risalgono ai primi decenni del secolo XVI attraverso codici cinquecenteschi e secenteschi appartenenti alle Confraternite della Santa Croce di Nule, Borutta, Nuoro, Bonnannaro, Torralba, Bottidda e SanVero Milis. La maggior parte di questi primi florilegi di poesia religiosa, tutti in logudorese, furono inseriti ne *L'Officium Disciplinatorum Santissimae Crucis, juxta eiusdem Sanctae Crucis Sasaritanam Confraternitatem*, trascritto in Banari da Martinus de Marongiu per conto di Iohanne Falche, rettore de *la villa de Borutta-Acabado* nel 1592. Il documento venne pubblicato da Damiano Filia nel *Laudario lirico quattrocentista e la vita religiosa dei Disciplinati Bianchi di Sassari* (Sassari 1935), ed è conservato nell'Archivio Storico Diocesano di Sassari. Al suo interno sono state individuate le *Laudes a sa Rejna de sa Rosa*, che sono considerate, ad oggi, il testo più antico tra i *Gosos* finora conosciuti.

La struttura metrica formale dei *Gosos/Goccius* è praticamente identica in tutta la Sardegna, e questo fa pensare che derivi da un unico modello molto antico (probabilmente importato da monaci orientali e bizantini) e particolarmente autorevole. Si differenzia infatti da modelli simili medievali, sia di matrice iberica che da quelli risalenti alle

Laudes francescane proprie dell'Italia centrale e poi diffuse dalle varie Confraternite.

La forma e anche la melodia dei *Goccius* sardi è sempre la stessa ovunque: sestine di ottonari con, in apertura, una quartina di ottonari il cui secondo distico si ripete, come un ritornello, al termine di ogni strofa. La stessa struttura la ritroviamo spesso anche in molte delle cantiche che abbiamo viste nelle nostre Quarantore.

Come per le Quarantore infatti questa singolarità dei *Goccius* fa pensare che si rifacciano ad una matrice locale, magari risalente da substrati melodici mediterranei e di antica derivazione orientale che si sia, poi, sposata profondamente, senza subire ulteriori e successive contaminazioni, con la tipicità e le peculiarità linguistiche, lessicali e compositive proprie dei nostri più lontani antenati.

L'etimologia del termine, sia *Gosos* che *Goccius*, ci porta alla sua derivazione dal latino *Gaudium*, col doppio significato di *Gaudio* e *Lode* dei Santi, probabilmente attraverso il castigliano *Gozo* o il catalano *Goigs*.

Come detto, ad Ulassai esistono, a quanto ci è dato sapere, solo due *Goccius* che sostanziano e osannano le lodi e le richieste di intercessioni rivolte ai due principali santi invocati e venerati nel paese delle rocce: Santa Barbara e San Antioco.

Di seguito abbiamo voluto, a completamente di questa umile raccolta, inserire i testi delle due preghiere secondo la versione che abbiamo trovato e che è attualmente cantata al termine delle celebrazioni liturgiche durante i festeggiamenti in onore dei due principali santi ulassesi (stupisce al riguardo che non ne esista una riferita a Santa Maria, molto venerata ed alla quale era anche anticamente dedicata la vecchia chiesa parrocchiale).

Santa Barbara si festeggia la terza domenica di maggio presso il santuario, interamente ricostruito nel 2000, nella località omonima, distante circa sette Km. dal paese, e Sant'Antioco, patrono di Ulassai, si festeggia, invece, presso la parrocchiale a Lui dedicata, la seconda domenica dopo Pasqua.

IS GOCCIUS DI S. BARBARA

In su celu coronada,
cali stella luminosa
Santa Barbara, gloriosa,
siais de nosu abogada! BIS)

1) In tempus de idolatria
   regnendi Massimilianu,
   nascis de babbu paganu
   Barbara in Nicomedia,
   de santidadi po ghia,
   ses de su cielu mandada.

Santa Barbara, gloriosa...

2) In manera prodigiosa
   su battismu asi arricciu,
   su coru tuu s'esti uniu
   a Gesus, candida sposa;
   ses bella e mistica rosa
   de tottus is donus ornada.

Santa Barbara, gloriosa...

3) In turri t'hadi inserrau,
   babbu tuu po vanidadi;
   sa divina Trinidadi
   innì tui as professau;
   e de su Verbu incarnau
   s'alta dottrina sagrada.

Santa Barbara, gloriosa...

4) Valenti in teologia
   t'acclamat su Damascenu,
   e su spiritu serenu
   sublimi a sa professia;
   ses cali segura e ghia
   de sa genti consultada.

Santa Barbara, gloriosa...

5) De vidi e puresa tati
   no est digna prus sa terra,
   po custu ti movit gherra
   sa potestadi infernali;
   bolit chi sposu mortali
   pighis, virgini sagrada.

Santa Barbara, gloriosa...

6) Is gentilis podestadis
   bolint anzis chi adoris
   cun incensus e onoris
   is falsas divinidadis;
   ma de is empias voluntadis
   ses nemiga declarada.

Santa Barbara, gloriosa...

7) A peis de Marianu
   po ti privai de vida
   Diòscuru parricida
   ti trascinat disumanu

bolint cun furori insanu
sias a morti cundennada.

Santa Barbara, gloriosa...

8) Su romanu presidenti
   ingannau de sa speranza
   de indi binci sa costanza
   ordinat subitamenti
   chi siast barbaramenti
   in pubblicu flagellada.

Santa Barbara, gloriosa...

9) Ma tottus sunfris costanti,
   finzas is pettinis de ferru;
   fuis però s'inferru
   turmentu prus infamanti,
   ses'ispollada in s'istanti
   po essi prus insultada.

Santa Barbara, gloriosa...

10) Una nui prodigiosa
    ammantat su corpus santu;
    cumandat Gesus intantu
    chi cun manu piedosa,
    salvit s'Angelu, sa sposa
    chi a Gesus s'esti invocada.

Santa Barbara, gloriosa...

11) Nienti serbit su portentu

a cunvertiri su paganu,
Dioscuru, prus insanu,
cun furori violentu,
a sa figlia, in su momentu,
dona morti cun sa spada.

Santa Barbara, gloriosa...

12) Ma su cielu infuriau,
    po delittu tanti orrendu,
    s'oscuressit e tremendu
    unu raju est abbasciau;
    resta su babbu abbrusciau,
    de s'innocenti svenada.

Santa Barbara, gloriosa...

13) Una stella luminosa
    poni fini a sa tempesta.
    e su cielu est tottu in festa
    ad arriccìri vittoriosa
    s'eroina generosa
    po Gesus sacrificada.

Santa Barbara, gloriosa...

14) Protettora salutari
    benefica in tottus is logus;
    ses de rajus e de fogus
    e de pirigulus de mari,
    cun affettu singulari
    in s'universu acclamada.

Santa Barbara, gloriosa...

15) In is urtimus momentus
    de custa mortali crugi,
    donai tempus e lugi
    po arriccìri is Sacramentus,
    po chi partaus cuntentus
    a sa Patria suspirada.

Santa Barbara, gloriosa...
Santa Barbara, gloriosa...

Stendardo S. Barbara, 2002

156

IS GOCCIUS DI S. ANTIOCO

De sa cresia santa onori
Terrori de su paganu
Sant'Antiogu sulcitanu
Siais nostu intercessori. BIS)

1) Cumpareis in s'Orienti
    De mamma illustri e cristiana
    Chi a fronti de s'ira pagana
    O s'educat santamenti
    Commenti e soli lucenti
    Diffundeis su risplendori.

Sant'Antiogu sulcitanu ...

2) Stupendi cun is meginas
    Prodigius manifestais
    Provincias illuminais
    Cun sa celesti dottrina
    Ammelessendu ruina
    A su gentilicu errori.

Sant'Antiogu sulcitanu ...

3) Po is medas chi anti abbrassau
    Sa cristiana religioni,
    Crudeli persecuzioni
    Contra issus hat decretau
    E cumandat chi arrestau
    Bengais de s'Imperadori.

Sant'Antiogu sulcitanu ...

4) Biendisiri mera forti
   E in sa fidi costanti
   Preparat su dominanti
   Durus trumentus e morti
   Però non tenit sa sorti
   De bessiri bincidori.

Sant'Antiogu sulcitanu ...

5) De ardenti pigi e resina
   De su pardu, urzu e leoni
   Bessis senza lesioni
   Po Provvidenza divina
   Su fogu e rabbia ferina
   Perdinti in beni s'ardori.

Sant'Antiogu sulcitanu ...

6) Po offriri incensus impurus
   A su templi de is paganus
   Si portant, ma non segurus
   Sunti dogi idolus vanus,
   Chi cun medium soberanus
   Distruggeis plenus de errori.

Sant'Antiogu sulcitanu ...

7) Adrianu terrorizzau
   De tantis bodtus portentus,
   Cambiat luegus penzamentus
   E os'imbiat disterrau

Sulcis est fortunau
De os si tenie habitadori.

Sant'Antiogu sulcitanu ...

8) Una grutta os seis pigau
   Inni po habitazioni
   E sa vera conversioni
   De su populu heis circau
   Po chini su Gelu imbiau
   Os hiat po predicadori.

Sant'Antiogu sulcitanu ...

9) De sa cura cumenzais
   De is corpus mali sanus
   Saludi a cuscus paganus
   Miraculosa alcanzais
   Pustis du illuminas In sa fidi de su creatori.

Sant'Antiogu sulcitanu ...

10) Ma s'iniquiu Presidenti
    De Casteddu relazioni
    Tenit de sa religioni
    Ch'imparais a sa genti,
    E bolit chi prontamente
    S'arrestinti cun furori.

Sant'Antiogu sulcitanu ...

11) Candu sa turba insolenti
    In sa grutta bieis intrada

Si poneis a pregai
A Deus onnipotenti;
Grazia po sa sarda genti
Dimandendu cun fervori.

Sant'Antiogu sulcitanu ...

12) In s'istanti os hat zerriau
Una boxi de su Gelu,
E sa turba cun reselu
Os incontrat ispirau
Cun prantu os hat abbrazzau
Cambiendi s'ira in amori.

Sant'Antiogu sulcitanu ...

13) Cun miraculu plausibili
Heis sa vida accabau
Hendu a Cristu guadangiau
Cussa quadriglia terribili
Chi cun furia tant'orribili
Mandat su Governadori.

Sant'Antiogu sulcitanu ...

14) O Martiri sulcitanu
Tanti onorau in sa terra
Postus in s'ultima gherra
Non s'invocheus invanu
Ma de Deus soberanu
Impetreis su favori.

Sant'Antiogu sulcitanu

Siais nostu intercessori. BIS)

Bibliografia essenziale

- Canzoni popolari di Sardegna in dialetto sardo centrale ossia logudorese / Giovanni Spano ; a cura di Salvatore Tola ; prefazione di Alberto Maria Cirese. - Nuoro : Ilisso, c1999.

- Poeti ritrovati, poeti inventati / Mario Cubeddu. - La grotta della vipera, 2007.

- *Comedia de la Sacratissima Passion de nostro Senor Iesu Christo sacada de los quatro evangelistas* / Maurizio Carrus. Manoscritto conservato presso la Biblioteca universitaria d Cagliari in Manoscritti, ms 309, cc6r-85v, databile 1701-1778.

- Miele amaro / Salvatore Cambosu. - Firenze : Vallecchi, 1 954. - Memoria del vuoto / Marcello Fois. - Torino : Einaudi, 2006.

- I riti della settimana santa a Gesturi / Maria Nicoletta Usai, Piero Marcialis. - Cagliari : Ed. Condaghes, 1 997.

- Villanovafranca. Storia, cultura e tradizioni / (ricerche ed elaborazione testi di Marinella Lorinezi, Daniela Mereu, Matteo Porru, Piero Porru e Amalia Santa Cruz). - Ortacesus : Nuove Grafiche Puddu, 2004.

- *Is pregadorias antigas : su signu de sa devotzioni* / a cura di Nicoletta Rossi e Stefano Meloni ; analisi e revisioni testi di Mario Puddu. - Dolianova : Provincia del medio Campidano : Grafica del Parteolla, c2011 .

- Piccola raccolta di *Pregadorias antigas* in lingua sarda / Don Lorenzo Tuveri. - Cagliari : Santuario diocesano di Santa Maria Acuas, Sàrdara Terme, 2008.

- I gesuiti in Sardegna : 450 anni di storia (1559-2009) / Raimondo Turtas. - Cagliari : CUEC, 2010.

- *Deus ti salvet Maria* / Innocenzo Innocenti di Todi (1624 – 1697). La prima versione in castigliano venne pubblicata a Macerata nel 1 681.

- La scena persuasiva : Tecnica scenica e poesia drammatica tra Sei e Settecento nel corpus manoscritto di Maurizio Carrus di San vero Milis / Sergio Bullegas. - Torino : Edizioni dell'Orso, 1996.

- *Is corant'oras, antico rosario ulassese : Riti della Santa Quaresima* / Giuseppe Cabizzosu e Mario Usai (Risorsa elettronica) ; Associazione culturale "*Sa perda e su entu*", 2003. Pubblicato e disponibile su You-Tube all'indirizzo : https://www.youtube.com/watch?v=uF8ibkJejso.

- Le Quarantore: Origine e significato teologico / Mons. Maurizio Barba, Congregazione per il Culto Divino e la Disciplina dei Sacramenti; articolo tratto dal sito della diocesi di Ugento-Santa Maria di Leuca (LE). URL consultato l' 11 aprile 2016. (http://www.diocesiugento.org)

- G. Moroni, Dizionario di Erudizione Storico – Ecclesiastica...vol. LVI – 1852.

- G. Heinz- Mohr, Lessico di iconografia Cristiana. 1984.

- Le Quarantore / Egidio Picucci. - articolo pubblicato su L'Osservatore Romano, edizione quotidiana del 2-3 maggio 2005. URL consultato l'11 aprile 2016. (http://www.cristianocattolico.it/catechesi/documenti-catechesi/le-quarantore-nei-documenti-pontifici-e-nella-pieta-del- popolo-di-dio.html).

- Computo che si fa risalire a sant'Agostino / Giovanni Ricciardi, in Adesso si mostra, articolo consultabile online tratto dal mensile 30 Giorni, settembre 2007. URL consultato l'11 aprile 2016.
(http://webcache.googleusercontent.com)

- Le Quarantore, Storia, Liturgia, Adorazione (Bibliotechina di cultura per il popolo) - Periodico mensile, Marzo – Giugno 1936.

- La festa a Roma dal Rinascimento al 1870, a cura di Marcello Fagiolo. Vol.II, articolo di Renato Diez – 1997.

- In memoria del tempo che Gesù stette nel Santo Sepolcro / Bruno Forastieri, con breve bibliografia, su Cartantica.it. URL consultato l'11 aprile 2016.
(http://webcache.googleusercontent.com).

- *Sa vida, su martiriu et sa morte dessos gloriosos martires Gavinu, Brothu e Gianuari* / G. Araolla. - Cagliari, 1582.

- *De Sanctis Sardiniae* / I. Arca Sardi. - Cagliari, 1598. 152

- *Index libri vitae cui titulus est Iesus Nazarenus rex Iudorum* / G. Delogu. - Villanova Monteleone, 1736.

- I Canti popolari della Sardegna : traduzione e note di Raffa Garzia / A. Boullier. - Bologna, 1916, pag. 193.

- I *goigs* sardi, in I Catalani in Sardegna, a cura di J. Carbonell, F. Manconi / A. Bover I Font. - Cagliari, 1984, pag. 15-110.

- Novena in onore de Santu Costantinu Magnu Imperadore / A. M. Carboni. - ed. VIII, Sedilo, 1997.

- Poesia Sarda e Poesia popolare nella storia degli Studi / A. M. Cirese. - Cagliari, ristampa anastatica 1977.

- La poesia popolare italiana / A. D'Ancona. - Firenze, 1887, pag. 123.

- *Gosos e ternuras.*Testi e musiche religiose popolari
sarde secondo la ininterrotta tradizione di pregare cantan-
do / G. Dore. - Nuoro, 1983.

- Il laudario lirico quattrocentista e la vita religiosa dei
disciplinati bianchi di Sassari / D. Filia. - Sassari, 1935.

- Canzoni popolari sarde: brano di lettera ad un amico
/ I. Galli. - in "Gazzetta popolare" Cagliari, 18 marzo
1863, n. 65. Leggendo le Giustiniane, con un'appendice
bibliografica / R. Garzia. - Cagliari, 1897.

- La diffusione della cultura bizantina / A. Guillou. -
in Storia dei sardi e della Sardegna. - Milano, 1987, volI,
pag. 404-405.

- Le canzoni popolari sarde del Logudoro / G. Pitre'. -
, in "Rivista Filologico-letteraria di Verona", fasc. I, 1871 .

- La passione di Nostro Signore Gesù Cristo / G. Mele.
- Oristano, 1989.

- Antologia dialettale dei classici poeti sardi. G. Araolla, M. Madao, P. Pisurzi, G. Pes, L. Cubeddu, E. Pintor
Sirigu, F. Manno, P. Mossa / P. Nurra. - Cagliari, 1898
(ed. anastatica Cagliari, 1977).

- Studi di poesia popolare / G. Pitre'. - Palermo, 1972,
pag. 357- 378 (Delle canzoni popolare sarde del Logudoro")
e pag. 393- 397 (Aggiunte).

- Bibliografia delle tradizioni popolari d'Italia / G. Pitre'. -, Torino- Palermo, 1894, nn. 1145, 1146).

- Saggio critico-storico della poesia dialettale sarda /
E. Scano. - Cagliari, 1901 , pag. 94.

- *Goccius.* Raccolta completa delle lodi sacre sardo-
logudorese- campidanese per le solennità e le feste dei santi della chiesa cattolica celebrantesi in tutta la Sardegna.
Corretta sulla scorta di numerosi manoscritti e stampe
e ordinata secondo la disposizione del Messale Romano,
(ristampa anastatica) / G. Sechi. - Sanluri, 1984.

- *Gosos*. Poesia religiosa popolare della Sardegna centro-settentrionale / R. Turtas, G. Zichi. - Sassari, 2001, pag. 23-24.

- *Sos battudos*. Movimenti religiosi penitenziali in Logudoro / A. Virdis. - Sassari, 1987.

9 791220 066198